I0573208

SOCCORRERE BRENAE

Armi & Amori: verso il futuro, Libro 2

SUSAN STOKER

Difendere Morgan
Difendere Harlow
Difendere Everly
Difendere Zara
Difendere Raven

<u>Ace Security</u>
Il riscatto di Grace
Il riscatto di Alexis
Il riscatto di Bailey
Il riscatto di Felicity
Il riscatto di Sarah

CAPITOLO UNO

Trentuno anni fa
Annapolis, Maryland USA

Brenae Goldner appoggiò il sedere al bancone della cucina della tavola calda in cui lavorava e chiuse gli occhi. Aveva avuto una giornata lunga e faticosa, a peggiorare il tutto era arrivato un gruppo di cadetti dell'Accademia Navale. Dopo quarantacinque minuti passati a cercare di schivare le loro toccatine e ad ascoltare rozze allusioni e tentativi di rimorchio, non vedeva l'ora che finisse quella giornata.

Voleva soltanto tornare nel suo piccolo monolocale e dormire. Ma una volta finito il turno alla tavola calda, doveva studiare per l'esame di ragioneria dell'indomani. Era al suo secondo anno dell'università pubblica locale, alla fine dell'anno si sarebbe laureata in Economia e Commercio.

In tutta onestà, tutto quello che desiderava davvero dalla vita era diventare moglie e madre, ma in qualche modo doveva pur pagare le bollette. Dal momento che non aveva nemmeno un fidanzato, quell'obiettivo sembrava lontano anni luce.

"Tutto bene, Brenae?" le chiese Joe, uno dei cuochi della tavola calda.

Lei aprì gli occhi e fece un respiro profondo. "Sì, sto solo facendo una pausa," gli rispose con un sorriso.

L'uomo anziano le rivolse uno sguardo comprensivo. "Vuoi che vada là fuori e dia una lezione a quegli idioti?"

Brenae ridacchiò. "No, va bene così. Ma grazie, comunque."

Joe le rivolse uno sguardo preoccupato e Brenae sentì la mancanza dei suoi genitori ancora più del solito. Dopo che lei si era diplomata al liceo, i suoi avevano deciso che ne avevano abbastanza degli inverni troppo rigidi del Maryland e si erano trasferiti in Florida. Quindi era cresciuta lontano dalle sue amiche delle superiori, e poiché studiava e lavorava tante ore alla tavola calda per pagarsi le lezioni, il cibo, l'affitto e tutto il resto di cui aveva bisogno, non aveva tempo per uscire e fare nuove amicizie.

Brenae curvò le spalle sotto il peso dello stress, ancora una volta. Era stanca, sia fisicamente che mentalmente; dover servire e tenere a bada quei cadetti non era di alcun aiuto.

In generale, non le importava che il ristorante fosse vicino all'accademia navale degli Stati Uniti. Grazie a ciò gli affari andavano bene, il che faceva scorrere i suoi turni più velocemente e le faceva guadagnare più mance, ma significava anche che doveva avere a che fare con gli uomini e le donne che si stavano addestrando per diventare i futuri leader della marina.

La maggior parte erano gentili e piacevoli da frequentare, ma c'erano anche quelli che non avevano intenzione di fare della marina la loro carriera e frequentavano l'Accademia sotto l'ingiunzione di mamma e papà, o a causa di qualche tradizione di famiglia.

Brenae odiava discriminare o fare generalizzazioni sulle persone, ma quella era una di quelle sere in cui non poteva farci niente. I sei uomini al tavolo erano rumorosi, maleducati, odiosi e viziati. Sapeva che quello che allungava di più le mani si chiamava Enzo. Ogni volta che le metteva una mano sul braccio o sul sedere, i suoi amici lo incitavano. L'ultima volta che era andata lì a prendere l'ordinazione dei dessert, lui aveva avuto l'audacia di infilarle le dita sotto la gonna e toccarle la parte posteriore della coscia. Brenae lo aveva guardato male e gli aveva detto di tenere le mani a posto, ma lui aveva semplicemente riso. Lei aveva la sensazione di essere diventata una sorta di sfida per lui, ed era abbastanza sveglia da capire che non era un bene.

Con un sospiro, Brenae sorrise a Joe quando vide che lui la stava ancora fissando. "Sto davvero bene, Joe. Devo solo portargli il dolce, poi se ne andranno."

"Quando finisci il turno fammelo sapere, ti accompagno alla tua macchina."

"Grazie," gli rispose lei dolcemente. Joe era più vecchio degli altri cuochi, ma aveva sempre fatto di tutto per assicurarsi che lei si sentisse protetta, anche accompagnandola per i pochi metri che separavano la porta sul retro dalla sua macchina. Lei protestava sempre, dicendo che non era così lontano e che non correva pericoli, ma lui insisteva. Brenae sapeva che era sposato con due figli, e ammirava la sua etica del lavoro e il fatto che non avesse mai detto nulla di dispregiativo sul conto della moglie, nemmeno per scherzo. Era chiaro che era completamente devoto alla consorte, e Brenae desiderava lo stesso per sé più di ogni altra cosa al mondo.

Anche se aveva solo vent'anni, più passava il tempo e più sentiva che stava svanendo l'opportunità di incontrare qualcuno che le fosse devoto quanto Joe lo era a sua moglie. Molte persone incontravano la propria anima gemella al liceo o all'università; invece lei, fin dall'adolescenza, era stata troppo impegnata a studiare e lavorare per concedersi di andare alle feste o in altri posti dove incontrare dei ragazzi.

"L'ordine è pronto," annunciò Robert, uno degli altri cuochi, indicando la fila di dessert che aveva preparato per il tavolo di Brenae.

"Grazie," gli rispose lei con un cenno del capo. La sua pausa era finita. Brenae si avvicinò per sistemare i vari piattini di dolci sul vassoio. Prendendo un respiro profondo, sollevò il vassoio e si diresse verso la sala, pregando di riuscire a consegnare il cibo e scappare senza altri incidenti.

———

Dag Creasy sedeva a un tavolo appartato della tavola calda e osservò la graziosa cameriera uscire dal retro del ristorante e dirigersi verso il tavolo di stronzi che era costretta a servire da circa un'ora. Dag aveva molto da studiare, aveva deciso che cambiare ambiente lo avrebbe aiutato. Era al terzo anno all'Accademia Navale e non vedeva l'ora di laurearsi e realizzare il sogno di diventare ufficiale.

Ma non riusciva a concentrarsi, perché quegli stronzi lì vicino erano eccessivamente odiosi e irrispettosi nei confronti della cameriera. Se c'era una cosa che Dag non sopportava erano le persone maleducate col prossimo. Soprattutto quando la maleducazione sconfinava nella molestia sessuale. Aveva tenuto d'occhio la cameriera e l'ultima volta che era stata a quel tavolo un ragazzo di nome Enzo, un anno indietro rispetto a lui, aveva avuto la faccia tosta di farle scivolare la mano sotto la gonna.

Dag si era già alzato a metà per intervenire, quando la cameriera si era rapidamente allontanata da Enzo con un'occhiataccia ed era tornata in cucina con la loro ordinazione.

Enzo era un bullo: non c'era altro modo per descriverlo. Non gliene fregava niente della marina o dell'accademia. Si diceva che fosse lì solo perché i suoi genitori lo avevano costretto a frequentare. Era intelligente, bisognava esserlo per superare le selezioni, ma era uno stronzo.

Dimenticando completamente lo studio, Dag osservò la cameriera che si avvicinava cautamente al tavolo con un vassoio carico di dolci. Fu contento di vedere che si teneva lontana da Enzo mentre iniziava a distribuire i vari piatti. Ma alla fine dovette avvicinarsi a lui per servirgli il suo dessert ed Enzo, proprio come aveva fatto l'ultima volta che era stata lì, le infilò la mano su per la gonna.

Ma quella volta la cameriera non riuscì a indietreggiare, perché lui le si era aggrappato alla coscia e le impediva di scappare.

Dag non poteva rimanere a guardare. Prima ancora di poter valutare il da farsi, era già scattato in piedi e aveva attraversato metà della sala. Se avesse avuto l'impressione che la cameriera fosse lusingata dalle toccatine di Enzo o dalle sue avances, Dag si sarebbe fatto gli affari suoi. Ma lo sguardo spaventato sul viso di lei e il modo in cui aveva sussultato quando le dita di Enzo le erano affondate nella pelle gli rendevano impossibile restare seduto senza fare nulla.

Si avvicinò al cadetto e, senza dire una parola, allungò una mano per afferrargli il braccio, stringendo un punto di pressione che costrinse Enzo a lasciare la presa sulla gamba della cameriera.

"Ahia, che cazzo...?!" si lamentò Enzo.

"Ti ha *chiesto* lei di toccarla?" gli chiese Dag. Con sua sorpresa, invece di fuggire sul retro, la cameriera gli si avvicinò. Non c'era contatto tra loro, ma in pratica riusciva a sentire il calore del corpo di lei contro il fianco e la schiena.

"Non a parole, ma con gli occhi," disse Enzo, cercando di liberare il braccio dalla presa di Dag, ma senza riuscirci.

"Non è vero," negò la cameriera. "Al contrario, ti ho detto più volte di tenere le mani a posto!"

A Dag piaceva che lei avesse fegato, ma non gli

piaceva il tremito che sentiva nella sua voce, come se stesse solo fingendo di essere una dura.

"Quindi lei ti ha detto di levarti dalle palle, e tu le metti ancora le mani addosso?" gli chiese Dag con tono cupo e minaccioso.

"Pensavo che stesse giocando a fare la preziosa," borbottò Enzo.

Dag sapeva che l'uomo stava mentendo. Perfino dall'altra parte della sala era evidente come la cameriera fosse solo infastidita e cercasse di tenersi a distanza da lui.

"E comunque non dovreste evitare di mangiare tutta quella merda?" continuò Dag, includendo l'intero tavolo di cadetti nella sua invettiva. Esistevano regole molto rigide; dato che gli uomini al tavolo erano solo al secondo anno dell'accademia, dovevano rispettarle in maniera più rigorosa rispetto agli studenti dell'ultimo anno. Alcune includevano divieti alimentari, nello specifico i dolci ipercalorici che avevano appena ricevuto al tavolo.

Dag godeva di buona reputazione in accademia e sapeva, così come lo sapevano i coglioni a quel tavolo, che era in lizza per diventare comandante di brigata l'anno successivo. Era un ruolo riservato a chi dimostrava eccellenti doti di leadership e consisteva nell'organizzare le attività giornaliere della brigata e la formazione degli altri cadetti. Fondamentalmente, una specie di capoclasse. A Dag sarebbe piaciuto assumersi quella responsabilità. Nel frattempo, non poteva fregarsene e permettere che quei cadetti molestassero e maltrattassero la cameriera.

"Se fossi in voi," disse loro in tono severo, "riporterei i vostri culi a Bancroft Hall, dove potrete confessare nel dettaglio come avete infranto il Codice d'Onore e offrirvi volontari per un addestramento supplementare sulle molestie sessuali."

Enzo lo guardò torvo, mentre gli occhi degli altri cadetti si spalancarono sgomenti. Sapevano che era meglio non sfidare Dag e che avrebbe potuto rendere la loro vita in accademia un vero incubo.

Dag lasciò andare il braccio di Enzo e fece un passo indietro, assicurandosi di frapporsi tra la cameriera e il tavolo. "E non dimenticate di lasciare alla cameriera una mancia generosa," aggiunse, mentre gli uomini raccoglievano i loro averi. Non c'era molto tempo libero all'accademia, ma le ore di studio dalle otto alle undici di ogni sera erano un'occasione per i cadetti di prendersi una pausa dalla monotonia quotidiana ed evadere per un po'. Dag si sarebbe raccomandato con i suoi superiori di non permettere a quei sei uomini di lasciare il campus per qualche tempo.

Senza dire una parola, gli uomini sgattaiolarono nella notte fuori dal piccolo ristorante e si diressero al dormitorio.

Dag si voltò verso la cameriera. "Stai bene?"

Lei annuì.

"Mi scuso a nome di quegli sciacalli. Non tutti siamo fatti della stessa stoffa."

Lei lo studiò con uno sguardo che lui non riusciva a interpretare.

"Sembravano quasi spaventati da te," disse lei dopo un momento.

Dag scrollò le spalle. "Il mio piano nella vita è costruirmi una carriera nella marina. Prendo molto seriamente ogni dettaglio che ha a che fare con il mio futuro. In Accademia mi sono fatto la reputazione di essere onesto e responsabile."

Lei annuì e gli porse la mano. "Mi chiamo Brenae. Brenae Goldner."

"Dag Creasy," disse lui, stringendole la mano.

Nell'istante in cui le loro mani si toccarono, Dag sentì quasi una scarica elettrica salirgli su per il braccio, fino al petto. Rimasero lì in silenzio per diversi secondi, tenendosi la mano e guardandosi negli occhi.

"È un piacere conoscerti," gli disse Brenae dolcemente.

"Anche per me," le rispose Dag. Quando finalmente le lasciò andare la mano, lui si sentì quasi dispiaciuto di aver perso quel contatto. Era una sensazione strana. Aveva dedicato tutta la sua vita al sogno di diventare un ufficiale di marina: il suo obiettivo finale era diventare un SEAL[1] della marina. L'estate era alle porte e lui si sarebbe unito alla crociera estiva delle Forze Speciali e finalmente avrebbe visto in prima persona come lavoravano i SEAL.

Ma all'improvviso, per la prima volta in vita sua, non era più così entusiasta di passare tutto quel tempo lontano da Annapolis.

"Il mio turno finisce tra venti minuti," gli disse Brenae timidamente. "Posso invitarti a prendere un caffè?"

"Certo, mi farebbe piacere." Gli piacque che Brenae avesse avuto il coraggio di chiedergli di uscire.

D'accordo, non era un vero e proprio appuntamento... ma Dag lo avrebbe considerato tale.

Lei annuì e si allontanò continuando a guardarlo, distogliendo gli occhi solo all'ultimo minuto quando fu costretta a girarsi di spalle per entrare nella porta della cucina.

———

Brenae non aveva idea di cosa le stesse succedendo: non era da lei comportarsi così. Di solito non era così sfacciata, ma c'era qualcosa in Dag che la faceva comportare diversamente.

Tutto, nell'uomo che era andato in suo soccorso, la attraeva in modo incredibile. Aveva i capelli tagliati molto corti, come tutti quelli che frequentavano l'accademia, gli occhi marroni e lei adorava quanto fosse alto. Aveva capito che era muscoloso e forte dalla facilità con cui era riuscito ad avere la meglio su Enzo. Le piaceva anche che avesse dei piani così definiti per il suo futuro.

Poteva essere un errore farsi coinvolgere da un uomo della marina, sapeva che Dag non aveva tempo per fare molto altro oltre alle attività programmate dall'Accademia, ma non era riuscita a trattenersi.

Si affrettò a finire le ultime faccende da svolgere nel suo turno e, mentre tornava in sala da pranzo, desiderò di poter indossare qualcosa di diverso dall'uniforme di cattivo gusto della tavola calda.

Dag si alzò quando lei gli si avvicinò, facendola sorridere. Era certamente un uomo ben educato, significava molto per lei. Tanti uomini erano solo interessati a divertirsi e non pensavano neanche per un secondo di compiere azioni come aprire la porta, dire grazie e per favore o essere educati in generale.

"Ciao," gli disse raggiungendolo.

"Ciao," rispose lui, indicando il divanetto dall'altra parte del tavolo.

Brenae si mise a sedere e improvvisamente si sentì a disagio. Che stava facendo? Non conosceva quell'uomo. Solo perché era attraente e l'aveva difesa, ciò non significava che fosse interessato a lei in altro modo, forse la stava solo assecondando. D'altra parte lei non gli aveva dato molta scelta, se non accettare la sua stupida offerta di un caffè, visto il ridicolo ruolo di "damigella in pericolo" e tutto il resto. Accidenti, si era persino dimenticata di *portare* del caffè al tavolo.

"Smettila di preoccuparti," le disse gentilmente lui, mentre si sistemava di fronte a lei.

Lei si morse un labbro, poi gli chiese: "Come sapevi che mi stavo preoccupando?"

"Si capisce. Ma non avrei accettato la tua offerta, se non avessi voluto."

Sospirando mentalmente di sollievo, Brenae annuì. "Sono un disastro di cameriera, ho perfino dimenticato di portarci da bere."

Dag scrollò le spalle. "Non fa niente. Volevo solo passare un po' di tempo con te per conoscerti."

"Perché?" La domanda era saltata fuori prima che lei potesse bloccarla. Brenae sapeva di essere arrossita, ma non riusciva a impedirlo.

Dag ridacchiò. "Mi piace che tu dica sempre quello che pensi."

"Mi mette nei guai, il più delle volte," ammise lei.

"Significa che sei sincera. È una qualità che ammiro. E per rispondere alla tua domanda, hai attirato la mia attenzione non appena sono entrato qui stasera. Non per spaventarti o altro, ma ho osservato come ti sei comportata con Enzo e i suoi amici tutta la sera: finché non ha deciso di metterti le mani addosso, sono rimasto colpito da come sei rimasta amichevole, pur mantenendo allo stesso tempo una distanza professionale."

"Grazie."

"Succede spesso?"

"Cosa?"

"Che degli stronzi pensino di poterti toccare senza il tuo permesso?"

Brenae scrollò le spalle. "In un certo senso fa parte del lavoro."

"No," disse Dag con fermezza. "Che cazzo. Nessuno può toccarti senza il tuo consenso."

Lei sbatté le palpebre per la veemenza nella sua voce. "Non è niente di che, Dag. La maggior parte delle volte non fanno altro che toccarmi la mano, o al massimo la gamba... da *sopra* la gonna."

Dag si sporse in avanti e lei non riuscì a distogliere gli occhi dal suo sguardo intenso. "È comunque sbagliato... non è giusto. Non lo è *mai*. Non dovresti permettere a nessuno di parlarti o toccarti in un modo che ti mette a disagio. È irrispettoso da morire, e una vera e propria molestia."

Brenae dovette pensarci solo un secondo, prima di

rendersi conto che ovviamente lui aveva ragione. Aveva semplicemente considerato le molestie come parte del lavoro, parte dell'essere una cameriera; onestamente, però, se qualcuno le avesse messo le mani addosso come aveva fatto Enzo prima che iniziasse a lavorare al ristorante, si sarebbe infuriata. Solo perché lavorava come cameriera, non significava che doveva sopportare quel genere di attenzioni. "Hai ragione."

Dag fece un respiro profondo e tornò a sedersi. Si fissarono a lungo, poi lei gli chiese: "E così... vuoi diventare un ufficiale di marina?"

Dag sorrise e quel sorriso le tolse il fiato. Era già bello quando era tutto serio e corrucciato, ma quando sorrideva diventava stupendo.

"Sì. Un giorno, alle elementari, un SEAL della marina è venuto nella nostra classe a raccontarci del suo lavoro, e da quel giorno non ho desiderato fare altro."

"Un SEAL, eh?" gli chiese Brenae.

Lui annuì. "Quello è il mio obiettivo finale, so che non sarà facile. Sarà incredibilmente dura, in effetti, ma posso farcela."

Le piaceva la sicurezza emanata da Dag. Brenae sbuffò ridendo. "Io dovrei prendere la laurea biennale in economia questa primavera, non ho idea di cosa voglio fare nella vita."

"Ho la sensazione che sarai brava in qualunque cosa tu decida di fare," le disse Dag.

Brenae alzò gli occhi al cielo. "Ma se non mi conosci neanche."

"Sto cercando di rimediare a questo," disse lui con calma.

Per l'ora successiva parlarono di tutto, dai loro genitori a quale fosse la loro vacanza dei sogni. Brenae gli raccontò di come non avesse visto molto del mondo, a parte l'area di Baltimora, e lui le disse di più sull'addestramento dei SEAL.

Lei guardò l'orologio e fece una smorfia.

"Che c'è?" chiese lui.

"Odio doverlo dire, e non è una scusa, ma devo davvero andare a casa a studiare. Domani ho un esame di contabilità e non posso permettermi di essere bocciata."

Dag annuì immediatamente e iniziò a recuperare le sue cose.

"Oh, ma non intendevo dire che devi andartene anche tu," gli disse.

Lui si fermò e la guardò negli occhi ancora una volta. Lei ormai amava quello sguardo. Lui non aveva esitazioni a stabilire quel legame intimo con lei. "È ora che me ne vada anche io. Devo tornare in Accademia a segnalare Enzo, e sta arrivando il coprifuoco. Ma mi piacerebbe rivederti, Brenae."

Lei sentì le farfalle vorticare nello stomaco. Aveva sperato che lui le chiedesse di uscire per un vero appuntamento, ma al tempo stesso non aveva voluto illudersi. "Mi piacerebbe."

Lui sorrise. "Ma prima ti accompagno alla tua macchina. Devi prendere qualcosa prima di andare?"

"No, ho la mia borsa. A posto così."

Dag si alzò e quando lei inciampò uscendo dal divanetto, lui era lì, pronto ad afferrarle il gomito. "Grazie. Possiamo uscire dalla porta sul retro. La mia macchina è nel parcheggio dietro il ristorante."

Mentre attraversavano la tavola calda, lei era ben consapevole della mano di Dag sulla schiena. Non la stava spingendo, in realtà la stava a malapena toccando. Al massimo le sfiorava la schiena con la punta delle dita mentre camminavano, ma lei era consapevole di ogni tocco di quella mano sul corpo. Brenae iniziò ad avere la pelle d'oca e, per quanto sembrasse assurdo, aveva l'impressione di essere già sul punto di innamorarsi perdutamente dell'uomo al suo fianco.

Uscirono nel freddo della notte e Brenae rabbrividì.

"Hai freddo?" chiese lui con aria preoccupata.

"Sopravviverò finché non accenderò il riscaldamento nella mia auto," gli rispose.

Lo condusse alla propria automobile e una volta arrivati lì si voltò imbarazzata verso di lui.

Dag la percorse con lo sguardo dalla testa ai piedi, sorprendentemente senza soffermarsi sul seno. Non sembrava tanto uno sguardo lascivo, quanto un modo di assicurarsi che lei stesse bene.

"Devi guidare molto?" chiese lui.

Brenae scosse la testa. "Non così tanto. Dieci minuti, più o meno."

Lui annuì. Poi disse qualcosa che la lasciò di stucco. "Sarò un ufficiale di marina in carriera, sai che aspiro a diventare un SEAL. Questo significa un sacco di trasferimenti. A volte potrei stare via per due settimane, a volte per un *anno* intero. Non sarò in grado di prevederlo."

Brenae si accigliò, in preda alla confusione. "D'accordo, ma cosa...?"

Lui le tese una mano, lei ci posò la sua con un gesto automatico. Le dita di lui si chiusero intorno alla mano di Brenae, per poi portarla alla bocca e baciarne il dorso. "Te lo sto dicendo perché sono interessato a te, Brenae. Mi intrighi, e mi fai provare sensazioni che non ho mai provato prima per qualcuno. E se mi sento così dopo aver parlato con te solo per un'ora, ho il sospetto che questi sentimenti non faranno altro che diventare più forti quando ti conoscerò meglio. Se tra noi tutto procederà come spero...

beh, questo significherebbe che quello che faccio nella vita avrà ripercussioni anche su di te. Quindi ti sto dicendo adesso come sarà la mia vita lavorativa, per essere sicuro che riuscirai a sopportarla."

Brenae sbatté le palpebre, con il cuore a mille.

Porca miseria. Non sapeva se essere spaventata dal fatto che lui volesse una relazione a lungo termine un'ora dopo averla conosciuta, o se esserne felice ed entusiasta.

Prevalse la seconda.

"Posso sopportarlo," gli disse.

"Non rispondere così in fretta. Significa che dovrai passare molto tempo da sola. E se un giorno ci sposeremo e avremo dei figli, dovrai sobbarcarti quasi tutte le responsabilità, semplicemente perché io non potrò esserci per fare la mia parte. Non fraintendermi, quando *sarò* a casa mi impegnerò al cento per cento, ma ci saranno momenti in cui la mia futura moglie dovrà fare i conti con il gabinetto rotto o portare un bambino al pronto soccorso per una frattura, e risolvere mille altre piccole beghe da sola, perché io non ci sarò."

Brenae si chiese se lui stesse cercando di metterla in guardia dallo stare con lui, ma all'idea di avere figli con quell'uomo, tutto ciò a cui riusciva a pensare era il processo necessario a *creare* quei bambini immaginari, e quanto sarebbe stato meraviglioso farlo.

"Sto studiando economia e commercio perché amo imparare, ho pensato che fosse la laurea più versatile, che mi permette di fare quasi tutto ciò che voglio. Ma a essere onesta, niente mi renderebbe più felice che essere una mamma a tempo pieno. Lo so che non è una scelta molto popolare oggigiorno tra le femministe, ma... è quello che voglio davvero. Non ho problemi per quanto riguarda le tue missioni. Voglio che il mio uomo faccia ciò che lo appassiona. Come potrei mai arrabbiarmi con te per voler servire il tuo Paese?"

Il viso di Dag si addolcì e, per la prima volta, lei vide la passione nei suoi occhi. Brenae si leccò le labbra, non riusciva a staccare gli occhi dai suoi. Sentì le dita di lui stringerle la mano.

"Vorrei baciarti," disse lui piano.

Però non si avvicinò. Non cercava di farle nessuna pressione.

Ancora una volta le stava dimostrando di essere un vero gentiluomo, e ciò la fece innamorare ancora di più.

"Ne sarei felice," rispose lei con un sussurro.

Allora Dag si avvicinò lentamente. Le posò la mano libera sulla nuca e l'accarezzò gentilmente con il pollice, portando le loro mani intrecciate dietro la schiena di lei. Brenae afferrò il bicipite di Dag con l'altra mano e trattenne il respiro quando lui si chinò su di lei senza fretta.

Poco prima che le loro labbra si toccassero, Dag disse: "Ho l'impressione che ricorderò questo bacio per il resto della mia vita."

Brenae sentì il suo respiro caldo sul viso, poi finalmente lui la baciò.

Lei chiuse gli occhi e gli strinse il braccio, mentre lui prendeva il controllo del bacio. Le mordicchiò le labbra e ci giocherellò con la lingua, finché lei non emise un gemito roco. Prendendolo come un sì, o come il segno di impazienza che effettivamente era, Dag sorrise contro le labbra di lei inclinò il capo per prendere quello che entrambi volevano... e di cui avevano bisogno.

Il bacio non somigliò a nulla che Brenae avesse mai sperimentato prima. Dag le aveva sopraffatto i sensi. Lei chiuse gli occhi e aspirò l'odore di quello che doveva essere il sapone che lui aveva usato l'ultima volta che si era fatto la doccia. Sentì le dita di lui stringersi sensualmente contro la nuca. Non la spinse contro la sua macchina, non premette l'inguine contro di lei, non cercò di mostrarle brutalmente quanto lo eccitasse. Le accarezzò la lingua con la sua più volte, in un certo senso sembrava che quello fosse il primo bacio di Brenae.

Una parte di lei sapeva, nel profondo, che Dag

sarebbe stata l'unica persona che avrebbe mai baciato in quel modo.

Quando finalmente lui si staccò, indietreggiò quel tanto che bastava per guardarla negli occhi.

Istintivamente, Brenae sapeva che la sua vita era appena cambiata per sempre. Irrevocabilmente, e per il meglio. La vita come sposa di un militare non sarebbe stata facile, specialmente con un uomo amante delle responsabilità come Dag. Ma improvvisamente Brenae non riusciva a immaginare di fare altro nella vita. Con lui al suo fianco, sentiva che avrebbe potuto realizzare qualsiasi cosa, andare dovunque, essere chiunque desiderasse.

"Cazzo," disse lui dolcemente.

Brenae gli rivolse un gran sorriso. Era un'esclamazione grossolana, ma lei stessa non avrebbe saputo dirlo meglio.

Lui sembrò riprendersi e fece un respiro profondo. Lei lo guardò leccarsi le labbra in un modo molto sexy e poi, senza pensarci, si alzò in punta di piedi e lo baciò dolcemente. Quella volta fu un bacio a bocca chiusa, di conseguenza ancora più tenero e romantico.

"Non per lamentarmi, ma per cos'era questo bacio?" chiese lui.

"Volevo solo... volevo sentire il tuo sapore un'ultima volta." Breane si sentì stupida nell'istante in cui le parole le uscirono dalle labbra, ma il modo in cui lui le sorrise cancellò ogni possibile imbarazzo per quel gesto impulsivo.

"Dammi il tuo numero," le ordinò.

"Devi scriverlo?" chiese lei.

Dag non si allontanò da lei. "No, me lo ricorderò."

Lei snocciolò i numeri e lui li ripeté. "Ti chiamo domani sera. Starai lavorando? A che ora finisci?"

"Alla stessa ora."

"Va bene. Non posso venire alla tavola calda domani, ma ti chiamerò per assicurarmi che tu sia tornata a casa sana e salva."

"Mi farebbe piacere."

"Non devi preoccuparti che Enzo e i suoi amici vengano di nuovo al ristorante. Mi assicurerò che sappia che d'ora in poi non è più il benvenuto."

"Sono in grado di gestirlo," disse Brenae.

"Lo so, ma ora non sarai più costretta a farlo. Probabilmente non dovrei dirlo adesso, perché potrebbe ritorcersi contro di me, ma sono iperprotettivo. Lo sono sempre stato, e sempre lo sarò. Quando saremo insieme, farò sempre del mio meglio per assicurarmi che tu sia protetta. Anche quando non ci sarò, farò comunque il possibile per renderti la vita più facile, per quanto fattibile. Capito?"

Brenae rabbrividì e annuì.

Interpretando male il brivido di Brenae e

pensando che sentisse freddo, Dag le disse: "Sono un idiota per averti fatto restare qui al freddo con quel vestito. Guida piano per tornare a casa, ti chiamerò domani."

Brenae annuì, leggermente contrariata quando lui le tolse le mani di dosso e l'aiutò a salire in macchina. Abbassò il finestrino e lo chiamò: "Dag?"

"Sì, Brea?"

Amava il modo in cui lui aveva pronunciato il suo nome e gli disse: "Per la cronaca, sono orgogliosa di te. Non tutti sono fatti per servire il loro Paese, anche se ti conosco solo da poco tempo, so che diventerai un eccellente ufficiale e SEAL. Il nostro Paese è fortunato ad averti dalla sua parte."

"Grazie. Non sai quanto significhi per me. A presto, Brea."

"A presto, Dag."

Brenae tornò al suo piccolo monolocale con un enorme sorriso stampato in faccia per tutto il tragitto. Era incredibile come un minuto prima si sentisse sola e depressa, e quello dopo si sentisse come se avesse una vita completamente nuova davanti a sé. Alla fin fine, non aveva idea se la relazione con Dag avrebbe funzionato davvero... ma aveva un buon presentimento su *loro due*.

Quella notte fece un sogno: lei e Dag avevano entrambi i capelli grigi ed erano seduti su un divanetto sul portico posteriore di una grande casa sulla spiaggia. Stavano guardando il tramonto tenendosi per mano, semplicemente seduti insieme a godersi quel momento romantico.

Dag si voltò verso di lei e le disse: "Sono l'uomo più fortunato del mondo. Chi avrebbe mai pensato, tanti anni fa, che saremmo stati qui oggi?"

La Brenae del sogno si rivolse al marito, l'uomo che aveva amato per quella che doveva essere una vita intera, e gli rispose: "Io."

CAPITOLO DUE

Il presente.
Riverton, California, U.S.A.

Brenae Creasy era seduta sul muro di pietra che dava sulla spiaggia e stava cercando di essere paziente. Quando lei e suo marito, il contrammiraglio Dag Creasy, erano arrivati in anticipo al picnic delle famiglie dei SEAL che si svolgeva ogni tre mesi, avevano in programma di restare giusto il tempo di salutare gli uomini sotto il suo comando e poi tornare a casa.

Casa al momento significava un appartamento, perché quella che stavano facendo costruire non era ancora pronta. Sorprendentemente erano riusciti a vendere la loro vecchia casa in un battibaleno, di conseguenza erano costretti a vivere qualche mese in appartamento, in attesa di trasferirsi nella loro casa dei sogni sull'oceano Pacifico.

Ma poco dopo il loro arrivo in spiaggia, quella che doveva essere una giornata oziosa prese una piega inaspettata. Il traditore a cui suo marito stava dando la caccia si era esposto, cercando di uccidere una giovane donna proprio sulla spiaggia.

Brenae aveva assistito all'intera scena in preda all'incredulità e alla paura, sia per suo marito che per la donna che aveva rischiato di morire. Senza battere ciglio, Dag era intervenuto fisicamente per fermarlo, insieme ad altri giovani SEAL della marina. Quando gli spari erano risuonati sulla spiaggia, seminando il terrore durante quella tranquilla e divertente gita, Brenae non si era ancora fatta prendere dal panico. Si fidava di Dag e, cosa più importante, si fidava dei SEAL con cui lavorava.

Erano trascorse più di due ore dall'incidente, ma Brenae si rifiutava di andarsene. Dag si era avvicinato un attimo per parlarle, dicendole che ci sarebbe voluto un po' e consigliandole di tornare a casa, ma lei aveva rifiutato. Aveva fatto quello che poteva per rassicurare le altre mogli e i loro figli prima che se ne andassero, ma perfino quando l'aria si fece più fredda e iniziò ad avere i brividi, si rifiutò di muoversi.

Dag era stressato. Era sposata con quell'uomo da quasi trent'anni e riusciva a capirlo meglio di chiunque altro al mondo. Per tutti gli altri, lui era la persona a cui rivolgersi per avere una guida. Lo ammiravano e lo rispettavano... quasi lo veneravano. Ma per lei, era solo Dag. Ne avevano passate tante insieme. Lo conosceva dentro e fuori, in quel momento lui stava soffrendo. Quindi non se ne sarebbe andata senza di lui, punto.

Brenae era sempre stata orgogliosa di Dag, ma in quel momento, osservando con quanta facilità si occupava delle persone intorno a lui, rassicurando coloro che ne avevano bisogno, usando il suo grado per appianare la situazione con le forze dell'ordine e mostrando compassione alla giovane donna che aveva quasi perso la sua vita quella sera... ne era ancora più orgogliosa.

Ogni volta che guardava suo marito, vedeva il giovane cadetto che aveva conosciuto ai tempi dell'Accademia Navale, e rivedeva se stessa come la studentessa universitaria che lavorava alla tavola calda. Ma era in momenti come quello che lui si confermava come il leader carismatico che era. Donne e uomini si rivolgevano a lui, anzi, si affidavano a lui quando accadeva qualche guaio.

Quando il sole iniziò a scendere sotto la linea dell'orizzonte, quasi tutti gli agenti di polizia e gli investigatori della marina avevano lasciato la spiaggia.

I SEAL direttamente coinvolti nel salvataggio della donna erano stati congedati.

Brenae osservò Dag che stringeva la mano al resto delle forze dell'ordine e finalmente le andava incontro. Indossava un paio di jeans e una maglietta nera, ma anche senza l'uniforme non aveva problemi a guadagnarsi il rispetto di tutti quelli che incontrava. Eppure Brenae non riusciva a staccare gli occhi dal suo viso.

Era esausto, triste, furibondo... e preoccupato per lei. Brenae odiava dargli ulteriore motivo di preoccupazione, ma non avrebbe mai potuto andarsene senza di lui. Si alzò quando lui si avvicinò e, con sua sorpresa, invece di metterle una mano sulla schiena e condurla alla loro auto, la tirò a sé e la strinse in un abbraccio.

Dag non era un uomo che dava grandi dimostrazioni d'affetto, soprattutto in pubblico. Era sempre consapevole del suo grado e delle responsabilità che ne derivavano. Come ufficiale di marina in carriera aveva imparato da molto tempo a nascondere i suoi veri sentimenti dietro una maschera di stoicismo. Quindi prenderla tra le braccia e tenerla stretta, come se fosse una piuma che rischiava di volare via nella brezza gelida, fu una mossa insolita che le fece stringere il cuore.

Era di pochi centimetri più bassa del metro e

ottanta di lui, ma poté sentire lo stesso che le affondava il naso tra i capelli mentre la teneva stretta. Avvolgendo le braccia intorno all'uomo che amava con tutta se stessa, Brenae gli posò una mano sulla nuca, dove i capelli corti le sfiorarono il palmo in un modo familiare e confortante.

"Mi dispiace," gli disse dolcemente. "Deve essere stato orribile."

"Già," le mugugnò Dag contro i capelli.

"Tu stai bene, vero?" chiese lei.

Lui emise una piccola risatina e si raddrizzò per guardarla negli occhi. "Pensavo che ti fossi stancata di chiedermelo."

Brenae lanciò un'occhiataccia al marito. "Dag, sei tornato a casa da una missione con una ferita da arma da fuoco e hai cercato di farla passare come se non fosse niente di che."

Lui scrollò le spalle. "Non ti vedevo da un mese. Il graffio sul braccio poteva aspettare. Al contrario, non potevo aspettare ancora di vederti."

Lei si sciolse a quelle parole, ma lo guardò ancora torva. "Graffio? Il proiettile era ancora dentro il tuo braccio! *Inoltre* era infetto." Brenae lo guardò scuotendo la testa. "Ho imparato la lezione, quel giorno. Prima devo assicurarmi che tu stia davvero bene, *poi* possiamo andare avanti con i nostri programmi."

"Sto bene, tesoro, te lo giuro," disse lui dolcemente, fissandola con i suoi occhi castani.

"Bene. Sei autorizzato ad andartene?"

"Sì. La marina manderà qualcuno ad avvisare la moglie della sua morte."

"Domani dovremmo andare a trovarla."

Dag deglutì a fatica prima di annuire. "Non credevo che avresti voluto accompagnarmi."

"Conosco *lei* da quanto tu conoscevi lui. Sarà dura per lei e i bambini."

"Lo so. Ti amo, Brenae. Non so cosa diavolo tu abbia visto in me quando ero ancora un ragazzino sfigato, ma non ho mai rimpianto un solo giorno che abbiamo passato insieme."

"Neanch'io," gli rispose Brenae. Di certo il loro matrimonio aveva sofferto di alti e bassi; trent'anni sposata a un uomo devoto alla vita militare non erano stati una passeggiata al parco, ma in fin dei conti lei non aveva mai smesso di amarlo. "Andiamo a casa."

"Dio, quanto vorrei che la nostra casa fosse già pronta," borbottò lui. "Non vorrei altro che immergermi per ore in quella vasca da bagno installata sul nostro terrazzo."

Brenae lo capiva benissimo, ma gli disse semplicemente: "Dovremo farci bastare una doccia. Vieni."

Dag le mise un braccio intorno alla vita e la strinse al suo fianco, mentre la accompagnava alla loro macchina nel parcheggio. Era una delle ultime ancora parcheggiate, ma lui continuava a guardarsi intorno costantemente, assicurandosi che Brenae fosse al sicuro mentre si avvicinavano.

Nel giro di quindici minuti erano arrivati al loro condominio. Era ormai buio e, ancora una volta, Dag cercò di prevedere possibili pericoli mentre la conduceva alla porta d'ingresso. Una delle qualità che Brenae amava di suo marito era il modo in cui la toccava costantemente quando erano da soli. In pubblico era sempre il professionista consumato, costantemente consapevole degli sguardi e del giudizio della gente. Ma in privato, compensava abbondantemente quella sua mancanza di manifestazioni pubbliche di affetto. Se erano abbastanza vicini da toccarsi... lui lo faceva. Le sfiorava la base della schiena o il braccio con le dita, oppure la prendeva per mano.

Una breve corsa fino al terzo piano e prima che lei se ne rendesse conto, erano nel loro appartamento da due stanze da letto.

Nel momento in cui la porta si chiuse dietro di loro, Dag la prese per mano e si diresse verso la loro camera da letto.

Sorpresa, Brenae lo seguì senza dire una parola. Lei era affamata, perché erano stati in spiaggia per ore, ma non si lamentò. Qualunque cosa Dag avesse bisogno in quel momento, lei gliel'avrebbe concessa volentieri.

Lui si diresse dritto verso il bagno annesso alla loro camera da letto. Non era niente di speciale, il lavandino in formica, le pareti di un putrido colore verde. Ma dal momento che erano in affitto, lei non aveva intenzione di spendere soldi o tempo per ristrutturare. Dag le tenne la mano anche mentre si chinava per aprire l'acqua nella doccia. Poi si rialzò e la guardò negli occhi quando finalmente le lasciò la mano e iniziò a spogliarsi.

Brenae non poté fare a meno di fissare suo marito. A cinquantatré anni era ancora bello come lo era stato a ventuno, in realtà anche di più. Aveva perso la sua bellezza giovanile e aveva guadagnato un fascino distinto. I suoi capelli castani stavano diventando argentei, la barba era grigia invece del marrone scuro di una volta. Aveva delle rughe ai lati degli occhi, ma lo sguardo era intenso come lo era stato ai tempi dell'università.

Lui si tolse la maglietta e Brenae si leccò le labbra con impazienza. I bicipiti di lui si gonfiavano ad ogni movimento e lei amava le vene prominenti sui suoi avambracci.

Dag non riusciva più a stare al passo con i SEAL che si allenavano sulla spiaggia ogni mattina, ma non era neanche pronto per l'ospizio, ad essere onesti.

Aveva lo stomaco ancora piatto, si vedeva ancora l'accenno degli addominali definiti. Era così incredibilmente bello... ed era tutto suo.

"Vuoi unirti a me?" chiese dolcemente Dag, mentre faceva cadere i jeans lungo le cosce muscolose. Il rigonfiamento nei suoi boxer riusciva ancora a farle venire l'acquolina in bocca. Il suo uomo aveva più di cinquant'anni, ma dannazione, era talmente affascinante che a volte Brenae faceva ancora fatica a credere che fosse suo.

Dag era stato il suo primo e unico amante, ma lei non si era mai sentita come se si fosse persa qualcosa. Lui si assicurava sempre che lei fosse soddisfatta, prima di prendersi il proprio piacere. Ogni singola volta. Dag era un amante generoso, oltre che fantasioso.

Quando le mutande gli scesero lungo le gambe, Brenae si leccò di nuovo le labbra e si riscosse dalla trance in cui era caduta. Si tolse i vestiti a tempo di record e presto fu nuda come il marito. Lei non era del tutto a suo agio con il proprio corpo, che iniziava a dimostrare la sua età, ma gli occhi di Dag non mancavano mai di brillare quando la vedeva nuda, ed era tutto ciò che le importava.

Lui allungò una mano per sostenerla, mentre lei scavalcava il bordo della vasca da bagno per andare sotto la doccia, troppo piccola per i suoi gusti. Dag la raggiunse immediatamente, girò la manopola dell'acqua per farla uscire un po' più calda e poi si sedette sul fondo della vasca.

Sapendo di cosa aveva bisogno, Brenae voltò le spalle all'acqua e si mise a cavalcioni sulle cosce del marito. Nel momento in cui fu seduta su di lui, le ginocchia di Dag si sollevarono, premendola contro il suo torace e rendendoli una cosa sola sul fondo della vasca, mentre l'aria si riempiva rapidamente di vapore. Brenae avvolse le braccia intorno al collo di Dag e gli affondò il naso nello spazio tra il collo e la spalla. Sentì che anche le braccia di lui si stringevano intorno a lei: una intorno alla vita, per tenerla ferma, e l'altra intorno alla parte superiore della schiena.

Non capitava spesso che Dag chiedesse le coccole così apertamente. Ma nell'intimità della loro casa, con il vapore così denso intorno a loro che era difficile persino vedersi, abbassò la guardia. Con lei... solo con lei.

Brenae sentì il petto di lui sollevarsi al primo singhiozzo, e lo abbracciò ancora più forte. Sentì le lacrime rigarle il viso mentre abbracciava il suo grande e grosso SEAL della marina che piangeva. Piangeva perché la persona che lui pensava fosse suo amico, qualcuno che rispettava, si era rivoltata contro il governo e aveva cercato di uccidere qualcuno. Aveva lasciato che l'avidità prendesse il sopravvento sulla sua vita e lo trasformasse in un uomo che Dag non riconosceva più.

Brenae sapeva che il giorno dopo suo marito sarebbe tornato alla normalità, sarebbe tornato l'uomo che tutti ammiravano e rispettavano. L'uomo che si sarebbe trovato faccia a faccia con la vedova del suo amico e avrebbe lasciato che lei incolpasse *lui* di tutto, se ne avesse avuto bisogno. Ma lì, nel loro piccolo angolo di mondo, Dag era un uomo che aveva bisogno dell'abbraccio amorevole di sua moglie.

CAPITOLO TRE

Il contrammiraglio Dag Creasy si svegliò nel cuore della notte e si voltò a guardare la moglie. Quell'ultima settimana era stata un incubo, ma Brenae l'aveva gestita al meglio, come sempre. Aveva tenuto la mano alla vedova mentre piangeva, si era organizzata con le altre mogli per preparare il cibo da lasciarle in freezer e si era assicurata che i bambini ricevessero il necessario supporto psicologico.

Dag era consapevole che essere sua moglie non era la cosa più facile del mondo, soprattutto da quando era salito di grado. Quando aveva conosciuto Brenae, lei era solo un'ingenua cameriera che stava cercando di finire l'università. Entrambi non avrebbero mai potuto immaginare che, trent'anni più tardi, avrebbe fatto parte del circolo sociale degli ufficiali di alto grado della marina statunitense. Brenae aveva perfino incontrato la first lady, quando il presidente degli Stati Uniti si trovava in città per certi impegni politici.

Ma la cosa che amava di più di sua moglie era che non non si era mai montata la testa; era l'unica persona al mondo con cui poteva essere davvero se stesso. Poteva mettere i piedi sul tavolino, bere birra e ruttare sonoramente mentre guardava la partita di football della domenica sera e lei non avrebbe battuto ciglio.

Lei era la sua colonna portante.

L'unica persona che ci sarebbe sempre stata per lui, in ogni caso.

Quando era ancora un SEAL e si era ferito una gamba durante una missione, era stata Brenae a fargli aprire gli occhi e costringerlo a iniziare la fisioterapia. Se non fosse stato per lei, forse in quel momento Dag sarebbe stato su una sedia a rotelle. Quando lui aveva toccato il fondo, in preda allo stress post-traumatico e alla depressione per la ferita, lui aveva cercato di tenerla lontana, ma Brenae aveva visto oltre quell'atteggiamento e semplicemente lo raggiungeva di notte nel loro letto per abbracciarlo. Gli aveva detto più e più volte quanto lo amava e che non importava se non avesse più camminato, lei non l'avrebbe mai lasciato. Non si sarebbe liberato di lei.

Una settimana prima, quando aveva visto un

uomo che stimava e rispettava spararsi un colpo in testa, lei era stata ancora una volta la sua salvatrice. Si era rifiutata di lasciare la spiaggia; ogni volta che lui l'aveva guardata e l'aveva vista aspettarlo pazientemente, seduta sul muro di roccia dura come se fosse pronta ad aspettarlo lì tutta la notte se necessario, ne aveva tratto una forza incredibile. Lo aveva aiutato a superare una delle peggiori serate che avesse avuto da molto tempo.

Poi lo aveva preso tra le braccia nell'orribile doccia del loro appartamento e lo aveva tenuto stretto mentre piangeva. Non l'aveva mai giudicato: lo accettava per com'era e lui l'amava più della vita stessa.

Era presto, la luce della luna piena ancora brillava attraverso le sottili tende a buon mercato nella camera da letto principale. Dag si accigliò e decise di fare pressione sull'appaltatore per fargli finire più velocemente la loro dannata casa. Non ne potevano più di vivere in piccoli appartamenti. Voleva dare a sua moglie il mondo e quell'appartamento non ci si avvicinava neanche.

Dag abbassò lentamente il lenzuolo finché non riuscì a vedere tutto il corpo della moglie. Avrebbe voluto accendere la luce in modo da poterla vedere bene, ma onestamente non ne aveva bisogno perché conosceva ogni centimetro del corpo di Brenae.

Nonostante avesse cinquantun anni, per lui era ancora bella come quando ne aveva diciannove. I capelli castano chiaro erano dello stesso colore del giorno in cui si erano sposati... grazie al parrucchiere da cui andava ogni due mesi. Aveva le smagliature sulla pancia per aver portato in grembo i loro due figli, e lui sapeva che lei credeva di avere cosce e sedere troppo grandi, oltre al seno troppo floscio.

Ma lui amava ogni dannato centimetro di lei, era sua; Brenae era stata l'unica forza che lo aveva aiutato a superare la più dura delle missioni, quando era ancora un SEAL. Lei era la ragione per cui faceva quello che faceva... per renderla orgogliosa di lui. Lei era la sua luce, era tutto per lui.

L'aria nella stanza era fresca, perché Brenae odiava sentire caldo quando dormiva. Dag le osservò i capezzoli contrarsi in piccoli boccioli duri mentre venivano esposti all'aria fredda. Non vedeva l'ora di trasferirsi nella loro nuova casa con il gigantesco ventilatore a soffitto sopra il loro letto a baldacchino, che era attualmente in un magazzino. Lui aveva lavorato duro per poter dare a Brenae tutte le meraviglie che meritava. Ma in realtà Dag sapeva che anche se alla moglie piacevano le scarpe, i gioielli e i bei mobili che era stato in grado di regalarle, alla fin fine non le importava un fico secco di tutto ciò.

Stare in quel piccolo appartamento non la turbava, fintanto che restavano insieme.

Chinandosi, Dag prese in mano un seno, lo strinse e poi avvolse le labbra attorno al piccolo capezzolo turgido. Sorrise contro la pelle di lei, quando sentì una delle mani di lei accarezzargli la nuca e tenerlo vicino a sé.

"Che ore sono?" mormorò Brenae.

Alzando la testa solo il necessario per rispondere, Dag disse: "Presto."

"Non ne hai avuto abbastanza ieri sera?" chiese lei con un piccolo gemito.

"Non ne avrò mai abbastanza di te," le disse Dag onestamente. La resistenza gli era calata nel corso degli anni, ma significava solo che poteva passare più tempo ad amare sua moglie. I giorni in cui riusciva a scoparsela due volte di seguito erano finiti, ma ciò non significava che *Brenae* non potesse venire più di una volta.

Sapendo che ormai lei era sveglia, Dag si mise a cavalcioni sulla moglie e rimase sospeso su di lei. L'uccello era già mezzo eretto e sfiorò i peli pubici tagliati di lei. Ma lui non era preoccupato dello stato dell'uccello: quando sarebbe arrivato il momento di entrare dentro di lei, sarebbe stato più che pronto. Il suo momento preferito era sentire Brenae venirgli sotto la lingua o tra le dita, e poi sentire quanto fosse calda e bagnata quando finalmente le scivolava nelle accoglienti profondità.

Il ricordo della prima volta che l'aveva presa (e aveva scoperto che era vergine) era qualcosa che non avrebbe mai dimenticato. Al tempo lei gli aveva affidato completamente il proprio corpo, e da allora gli aveva dimostrato più e più volte che si fidava di lui riguardo a quello che lui desiderava da lei. Ciò gli incuteva rispetto e allo stesso tempo lo inebriava, dopo tanti anni ancora lo spaventava un po'.

"Non credo di averti detto grazie per la scorsa settimana," le disse, guardandola negli occhi. Sapeva che erano di un bellissimo azzurro, ma nella penombra della stanza non riusciva a distinguere altro che la loro forma.

"Non devi ringraziarmi," lo rassicurò lei.

"Invece sì," le disse Dag dolcemente. "Mi lasci sempre essere me stesso: che si tratti di un contrammiraglio, di qualcuno che vuole solo scherzare o di un uomo distrutto."

"Non eri distrutto," ribatté immediatamente Brenae. "Sei l'uomo più forte che abbia mai incontrato, ma non sei fatto d'acciaio. Quando sei allo stremo delle forze, sono lì con te. Ti stringerò le mani e ti aiuterò a tener duro, finché non sarai in grado di risalire la china."

Dag deglutì a fatica. Non riusciva a capacitarsi di

quanto fosse fortunato. Brenae aveva cresciuto i loro figli, un maschio e una femmina, praticamente da sola. Lui aveva preso parte a così tante missioni che non riusciva nemmeno a tenerne traccia. Ma Brenae non si era mai lamentata, nemmeno una volta. Aveva sempre fatto ciò che era necessario, proprio come quando si era fatto male. Quando il ruolo di moglie si era fatto pesante e Brenae era stata oggetto di pettegolezzi maliziosi da parte delle mogli invidiose di altri ufficiali, non aveva mai abbassato la testa o lasciato che la ferissero. Era bella, elegante e così dannatamente forte che lui si sentiva piccolo di fronte a lei. Non si era mai sentito in imbarazzo o in colpa per aver pianto, non quando poteva farlo tra le braccia di Brenae. Lo abbracciava stretto stretto, finché lui non sentiva che sarebbe andato tutto bene.

Evitando di parlare per non rischiare di mettersi in imbarazzo, Dag si spostò lungo il corpo di lei e si sistemò tra le gambe. Sorrise quando lei si sollevò, posizionando dei cuscini dietro la schiena. Le piaceva guardarlo mentre la leccava. Una volta gli aveva detto che vedere quanto piacesse a *lui* le aveva fatto svanire completamente l'imbarazzo.

Dag iniziò baciando dolcemente l'interno coscia di Brenae. Poi leccò dove aveva già appoggiato le labbra. Lei si contorse e lui sorrise, amava il fatto di riuscire a eccitarla così facilmente. Le mordicchiò la carne per un po', prima di avvicinarsi alla piega della gamba. Lei allargò le cosce e lui non poté fare a meno di spostare l'attenzione tra le gambe di lei.

Usando le dita per allargarle le labbra inferiori, abbassò la testa. Cominciò lentamente, leccandola e carezzandola dolcemente, ma non passò molto tempo prima che lei iniziasse a gemere.

"Dag, smettila di stuzzicarmi."

"Non ti sto stuzzicando," disse lui, guardandola mentre usava le dita per accarezzarla leggermente. "Si chiamano preliminari."

"Mi stai facendo diventare matta e lo sai. Per favore... leccami il clitoride."

Sorridendo, Dag abbassò la testa. Amava quanto fosse impaziente Brenae. Una volta era molto timida, non chiedeva mai cosa desiderava. Lui le aveva insegnato tutto quello che c'era da sapere sul sesso e non poteva fare a meno di essere orgoglioso della donna sensuale che era diventata. Non aveva paura di dirgli se non era dell'umore giusto, ma era anche più che felice di prendere l'iniziativa quando si sentiva arrapata. Lui era contento che entrambi godessero ancora del sesso, dopo trent'anni di matrimonio. Molte coppie, indipendentemente dalla loro età, non erano così fortunate.

Sentì le mani di lei accarezzargli la testa. Aveva i capelli troppo corti per essere ben afferrati, ma lei fece del suo meglio per cercare di spingerlo dove voleva. Ridendo, Dag lasciò che lei lo guidasse sul clitoride, era comunque il suo obiettivo finale. Gli piaceva sentire quanto si indurisse il piccolo nocciolo e come si sollevasse da sotto il cappuccio protettivo quando lei era particolarmente eccitata.

Brenae si dimenò sotto di lui quando le infilò un dito dentro, mentre le stuzzicava il clitoride.

"Oddio, Dag, che bello," disse lei con voce roca.

Dag aveva la bocca occupata, quindi non poteva rispondere, ma era fantastico anche per lui.

Improvvisamente desiderò essere dentro la moglie più di qualsiasi altra cosa, quindi Dag sollevò la testa e portò l'altra mano al clitoride. Usando i fluidi di Brenae per lubrificarsi il pollice, soffiò aria fresca sulla passera mentre aggiungeva un dito nell'apertura e iniziava a manipolare il clitoride con il pollice.

"Dio santo! Dag!" esclamò Brenae, facendo scivolare le anche al di fuori del letto mentre lui la scopava con le dita.

"Sei così bella," mormorò lui mentre la guardava contorcersi sotto le proprie mani.

Avevano avuto i loro problemi da coppia sposata, ma lui non aveva considerato neanche una volta di andare a letto con qualcun'altra. Solo Breanae riusciva a eccitarlo; solo Brenae riusciva a soddisfarlo.

Lei gettò la testa all'indietro, lasciando la presa

sulla testa di lui per afferrare le lenzuola. Brenae strinse i pugni ed emise un lungo grugnito, mentre sentiva tendersi ogni muscolo del corpo.

Dag grugnì insieme a lei, conosceva bene la sensazione di quei muscoli contratti intorno all'uccello, quando lei veniva insieme a lui.

Muovendosi velocemente lui si mise in ginocchio, sollevò Brenae e la girò a pancia in giù. Sollevò in alto i fianchi di lei e poi spinse l'uccello dentro di lei, mentre Brenae era ancora in preda agli spasmi di piacere.

Brenae sussultò e si alzò sulle mani, ma poi si spinse indietro quando lui la tirò a sé. Tenendola ferma e facendole prendere tutto quello che lui voleva darle, Dag si spinse dentro di lei. Guardando in basso, riusciva a distinguere i fluidi di lei che gli ricoprivano l'uccello, rendendolo lucido nella penombra.

Mettendole una mano sulla schiena, la costrinse ad abbassarsi. Acconsentendo immediatamente, lei girò la testa in modo da posare la guancia sul lenzuolo. Poi spostò le braccia lungo i fianchi e sotto di sé, proprio come lui si aspettava, Dag sentì le dita di lei che gli sfioravano l'uccello ogni volta che lo tirava fuori. Gli accarezzò le palle mentre con l'altra mano si toccava pigramente il clitoride.

Quella era una delle loro posizioni preferite. Lei poteva toccarsi e accarezzarlo allo stesso tempo, lui riusciva a toccarle il seno. Dag si chinò su di lei, sostenendosi con una mano mentre con l'altra le pizzicava un capezzolo. Entrambi gemettero e lei gli strinse la mano sulle palle. Se avesse potuto, lui si sarebbe scopato la moglie in quel modo anche a ottant'anni. Non si stancava mai di lei. Mai.

Sapendo di non poter resistere ancora a lungo, dato che già sentiva un formicolio nelle palle, Dag le chiese: "Sei pronta?"

"Scopami, Dag," gli rispose Brenae.

Lui era infastidito dal fatto che non riusciva più a scoparla a lungo come faceva quando era più giovane, ma lei gli giurava che era un complimento il fatto che lui non riuscisse a durare più di qualche minuto quando era dentro di lei.

Lui si raddrizzò sulle ginocchia e, tenendo la moglie per i fianchi, iniziò a scoparla sul serio. Lei grugniva ogni volta che lui le affondava dentro, Dag la sentiva stimolarsi il clitoride con rapide toccatine mentre lui pompava dentro e fuori.

Dopo pochi secondi, lui si rese conto di essere in procinto di venire. Sapendo che l'avrebbe fatta impazzire, le passò il dito medio nei copiosi fluidi dalla passera e glielo spinse leggermente contro l'ano. Non glielo infilò dentro, si limitò ad accarezzarle i nervi sensibili nella zona anale.

Lei gridò in preda all'estasi e contrasse ancora una

volta tutti i muscoli del corpo. Dag sentì che lei gli stava stringendo l'uccello fino a farlo scoppiare, era magnifico. Con un grugnito, Dag affondò dentro di lei un'ultima volta e la strinse a sé mentre le esplodeva dentro. Schizzi di sperma pulsarono fuori dall'uccello e la riempirono dentro. Sebbene sapesse di non poterla mettere incinta a causa di una vasectomia ricevuta molti anni prima, Dag non poté evitare di immaginare i propri piccoli nuotatori che tentavano disperatamente di trovare un uovo da fecondare.

I muscoli di Brenae si strinsero intorno all'uccello, prolungando il piacere di Dag e facendogli ringraziare la sua buona stella ancora una volta per avere una moglie tanto bella e amorevole.

Rimase dentro di lei il più a lungo possibile, godendosi la sensazione quasi rovente dei loro fluidi combinati sull'uccello ancora molto sensibile. Immaginando che Brenae fosse scomoda con il sedere all'aria e il peso di lui sulla spalla, Dag si tirò fuori. Entrambi gemettero di dispiacere quando si separarono, lui si mise immediatamente accanto a lei per abbracciarla.

Molti uomini non amavano le coccole, ma Dag non era uno di loro. Lui adorava tenere Brenae tra le braccia, quasi quanto adorava fare l'amore con lei. Lei era l'altra metà della sua anima e niente riusciva a calmare i propri pensieri quanto tenerla tra le braccia.

Amava il modo in cui lei gli si rannicchiava contro, gli piaceva il modo in cui lei sospirava di felicità, a il modo in cui gli avvolgeva una gamba intorno al polpaccio. In particolare, amava quando lei lo lasciava scendere sul petto per usare i seni come cuscino. Lo avrebbe tenuto stretto e lui avrebbe lasciato che il battito del cuore di lei lo cullasse.

Dopo diversi minuti di coccole, lei gli chiese assonnata: "Cos'hai in programma per oggi?"

"Fisioterapia. Poi un incontro con il comandante della base su quello che è successo la scorsa settimana, e per avere un aggiornamento sul suo sostituto. Poi mi incontrerò con ciascuna delle squadre SEAL per rispondere alle loro domande e per rassicurarli che saranno assolutamente protetti quando nel frattempo andranno in missione all'estero. Devo andare all'unità anticrimine, rispondere alle domande sul traditore del Bahrain e scoprire se dovrò testimoniare alla *sua* udienza. Ho una pila di scartoffie alta un metro che devo cercare di sbrigare, poi spero di convincere la mia amministratrice a non dimettersi di conseguenza.

"Quindi un giorno come gli altri," scherzò Brenae.

Dag ridacchiò. "Sì, più o meno."

"Hai più pensato al pensionamento?"

Dag si irrigidì e si sollevò su un gomito, cercando di leggerle il viso. La luce era troppo fioca perché lui potesse intuire ciò che lei stava pensando. "Sai che basta una tua parola e mi tiro fuori," le disse dolcemente.

"Non era un suggerimento," lo rimproverò Brenae. "È solo che odio vederti così stressato. Cioè, so che sei praticamente *sempre* stressato, ma l'ultima settimana è stata anche peggio. Ho pensato che forse tutto quello che era successo avesse spostato l'ago della bilancia, facendoti venire voglia di andartene prima, piuttosto che dopo."

Dag ci pensò a lungo. Poi alla fine le disse: "Onestamente, tutta quella situazione ha fatto schifo, ma mi sento come se ora la mia presenza fosse ancora più necessaria. Non sono così presuntuoso da pensare che nessun altro possa fare il mio lavoro, ma tutto considerato, ho la sensazione che mantenere la situazione il più normale possibile sia meglio per tutti. Per i SEAL, le loro famiglie e i miei stessi capi."

"Sono d'accordo," gli disse Brenae dolcemente. "Sono così fiera di te, Dag."

"Finché ti senti così al riguardo, resterò in marina. Nel momento in cui questo dovesse cambiare, me ne andrò."

"Sarò sempre orgogliosa di te," gli disse lei. "Sempre."

"Ti amo."

"Ti amo anch'io."

"Ho ancora un'ora prima di alzarmi e prepararmi per andare al lavoro," le disse Dag. "Tu torna a dormire, tesoro."

"Anche tu?" chiese lei assonnata.

"Certo," le assicurò Dag, ma sapeva che stava mentendo. Una delle attività che preferiva al mondo era tenerla abbracciata mentre dormiva. Non gliel'aveva mai detto, ma amava la facilità con cui lei gli si addormentava tra le braccia, come si fidava istintivamente che lui l'avrebbe tenuta al sicuro, in ogni caso.

Nell'istante in cui sentì il respiro di Brenae farsi regolare e profondo, si chinò a baciarle la fronte. "Giuro che i prossimi trent'anni saranno più facili dei primi," le promise.

CAPITOLO QUATTRO

Una settimana dopo, Brenae era al primo piano del complesso di appartamenti a prendere la posta dalla cassetta, quando la porta si aprì. Lei si girò a vedere chi fosse e fissò sorpresa la donna davanti a sé. "Caite?"

La donna apparve sconcertata per un momento, poi inclinò la testa di lato e disse: "Sì. Perdonami, sono una frana a ricordare le facce... ci conosciamo?"

Brenae sorrise, prendendo immediatamente in simpatia la donna più giovane. Brenae era abbastanza grande da essere sua madre, se avesse avuto una figlia quando si era appena sposata, ma c'era anche qualcosa di familiare in Caite. Brenae si era imposta di imparare il più possibile sulla giovane donna che era stata vittima dell'aggressione sulla spiaggia un paio di settimane prima. "Non proprio.

Sono Brenae Creasy, mio marito è il contrammiraglio Creasy."

Caite arrossì immediatamente. "Cavolo. Mi dispiace di non averti riconosciuta! Mi sento una stupida. Il mio ragazzo parla di tuo marito tutto il tempo, lo ammira moltissimo. Si trovava sulla spiaggia quando è successo tutto il casino. Non l'ho più visto da allora, ma volevo ringraziarlo ancora per tutto l'aiuto."

Brenae fece un gesto per intendere che non servivano ringraziamenti. "Stava solo facendo quello che sa fare meglio."

Caite si morse un labbro e disse: "Ho lavorato a lungo nell'ambiente militare e ho imparato a stare attenta a cosa dico... soprattutto alle mogli. Non so mai se prenderanno le mie parole nel verso sbagliato. Ora che sto frequentando un SEAL, sono ancora più terrorizzata di dire la cosa sbagliata, specialmente alla moglie di qualcuno di alto grado come tuo marito. Ma... vorrei davvero chiederti qualcosa, anche se non so se è il caso."

Il rispetto di Brenae per la giovane donna crebbe ancora di più davanti a tanta onestà. Le ricordava molto se stessa venticinque anni prima. Aveva cercato così tanto di adattarsi, di farsi degli amici, solo per essere pugnalata alla schiena in continuazione. Solo quando aveva smesso di preoccuparsi di ciò che tutti gli altri pensavano di lei finalmente era riuscita a essere se stessa. "Per favore, sii sincera. Non sopporto le persone che sono affabili con me solo a causa di mio marito, o per qualunque altro motivo superficiale del cavolo."

"Tuo marito sta bene?" le chiese Caite.

Brenae sbatté le palpebre: era sicura che Caite le avrebbe chiesto perché diavolo vivessero in quel complesso di appartamenti, o com'era essere sposate con uno degli ufficiali di più alto grado della base, o qualcosa sui SEAL. L'ultima domanda che si aspettava era come stesse Dag.

Nessuno si chiedeva mai come facesse il marito ad affrontare certe situazioni, pensavano solo che se la cavasse benone perché era stato un SEAL.

Dovette prendersi un secondo per ricomporsi prima di rispondere. "Sta bene, grazie."

Caite allungò la mano per poggiarla sul braccio di Brenae. "Sul serio, sta davvero bene? Rocco mi ha detto che era amico di..." Deglutì a fatica prima di continuare. "Comunque, volevo solo assicurarmi che stesse bene. Rocco non conosceva *personalmente* il tizio, quindi era solo preoccupato per me quando è successo l'episodio sulla spiaggia. Neanche conoscevo tuo marito, e lui non conosceva me, se non nell'ambito delle indagini, quindi l'episodio probabilmente ha colpito Dag più duramente."

Brenae coprì la mano di Caite con la propria. Aveva la sensazione che di lì a vent'anni, l'altra donna sarebbe stata un'ottima moglie per il futuro marito di alto rango e una grande risorsa per la marina. "Sta bene. Se c'è qualcosa che impari quando sei sposata con un SEAL della marina forte come una roccia, è come aiutare il tuo uomo a sfogarsi. Capisci quando ha bisogno di essere abbracciato stretto, e quando invece è meglio tenersi in disparte e lasciarlo gestire le sue emozioni da solo. Non sto dicendo che non sia stato un duro colpo, ma Dag sta bene."

"Grazie a Dio, ero preoccupata per lui," le disse Caite. "E anche tu stai bene?"

Brenae ridacchiò. "Dovrei essere io a chiederlo a *te*."

"Sono più grata di quanto possa esprimere a parole che Rocco abbia insistito per insegnarmi a restare a galla una settimana prima che accadesse tutto questo."

"Non sai nuotare?" le chiese Brenae, sorpresa.

Caita ridacchiò. "Nossignora, ma ora sono abbastanza brava a tenermi a galla."

"Fammi indovinare, da quel giorno Rocco ti ha impartito molte altre lezioni di nuoto."

"Certo che l'ha fatto," ammise senza problemi Caite. "Ma non è che mi dispiaccia vederlo in costume da bagno."

"Immagino di no," la assecondò Brenae.

Caite guardò le cassette della posta e poi Brenae, corrugando la fronte. "Sei qui a ritirare la posta per qualcuno?"

"No, momentaneamente abito qui. Almeno fino a quando quei dannati operai non si daranno una mossa per finire la nostra casa."

Caite rise. "Grazie al cielo! Per un secondo mi sono chiesta quanto doveva essere orribile la paga della marina, se un contrammiraglio era costretto a vivere qui."

Brenae rise con lei. "Abbiamo venduto l'altra nostra casa prima di quanto pensassimo e poiché non c'erano case disponibili alla base, abbiamo dovuto ingoiare il rospo, lasciare la maggior parte delle nostre cose in un magazzino e affittare un appartamento qui, fino a quando la nostra casa non sarà completata."

"Mi sembra ragionevole. Non ho ancora ufficialmente traslocato dal mio appartamento, ma dopo tutto quello che è successo, Rocco ha insistito abbastanza perché mi trasferissi qui con lui."

Brenae annuì. "So che ci siamo appena incontrate e non spetta a me darti consigli, ma... andare a convivere con qualcuno è un grande passo. Te lo dico da donna a donna... stai attenta a non rinunciare alla tua indipendenza per un uomo. Voglio dire, mi piacciono

Rocco e gli altri della sua squadra, ma se sono come mio marito, gli piace comandare e ottenere ciò che vogliono."

Fortunatamente, Caite non si offese. "Credimi, lo so bene. Ci ho pensato tanto e a lungo: ho ancora il mio conto in banca, presto inizierò un nuovo lavoro, ma sinceramente... io *voglio* stare con Rocco a tempo pieno. Prima che accadesse tutto il casino, detestavo dormire da sola nel mio appartamento. Tuttavia capisco quello che stai cercando di dirmi, e lo apprezzo più di quanto tu creda."

Brenae sorrise. "È solo che vedo così tante giovani donne che si buttano a capofitto nelle relazioni, rinunciando persino alla loro indipendenza finanziaria perché desiderano disperatamente stare con un uomo."

"Ad essere precisi, Rocco *vuole* che lavori anch'io. Credo che speri mi tenga occupata quando verrà mandato in missione."

"È una mossa intelligente. Buona idea," disse Brenae a Caite. "Dopo trent'anni di matrimonio con un militare, che è stato un SEAL per gran parte del tempo, credimi quando ti dico che hai *bisogno* di farti la tua vita e i tuoi amici. Il più delle volte lui si perderà gli eventi importanti nella tua vita, anche se non dipenderà da lui, e tu avrai bisogno della tua tribù per aiutarti quando lui non potrà farlo."

"A un certo punto diventa più facile?" le chiese Caite.

"Cosa?"

"Il fatto che ti manca tuo marito quando non c'è? Il fatto di preoccuparti per lui?"

"Onestamente?"

Caite annuì.

"No." Quando il viso dell'altra donna si fece mogio, Brenae si affrettò a spiegare. "Ma nemmeno in un milione di anni chiederei a Dag di fare qualcosa di diverso. Anche quando è stato via per più di sei mesi in un anno, non ho mai pensato di lamentarmi con lui del tempo in cui è stato lontano da me e dai nostri figli. Stava facendo ciò che amava, un lavoro importante. Tutto quel tempo lontano mi ha fatto apprezzare di più quando *era* a casa, lo stesso valeva per lui con me. Il meglio che puoi fare per Rocco è dargli il tuo sostegno e sappi che anche se il dovere verso il suo Paese è importante, *tu* sei altrettanto importante."

"Grazie, avevo bisogno di sentirmelo dire. Finora non è mai stato lontano così a lungo da quando stiamo insieme, ma mi spaventa pensarci."

"Se mai avessi bisogno di una chiacchierata, sarò felice di darti il mio numero. Mi ricordo che quando ho iniziato a frequentare Dag, avevo mille dubbi su tutto."

"Lo apprezzo molto e mi farebbe piacere. Ho fatto amicizia con alcune delle altre mogli dei SEAL e anche se sono super socievoli, mi sento sempre fuori posto con loro. Non che abbiano fatto niente di male, ma semplicemente loro si conoscono tutte da molto più tempo."

"Troverai la tua tribù," la rassicurò Brenae. "Rocco è l'unico della sua squadra ad avere una ragazza, vero?"

"Sì, ma come fai a saperlo?" le chiese Caite.

Brenae sorrise. "Sono la moglie di un contrammiraglio. È compito mio sapere tutto della vita privata degli uomini sotto il comando di mio marito."

"Mi fai sentire la mancanza di mia madre," si lasciò sfuggire Caite, poi fece una smorfia. "Mi dispiace, non intendevo offenderti. Non intendo dire che tu sia vecchia, o niente del genere. Cazzo..." borbottò, schiaffeggiandosi la fronte. "Meglio che stia zitta, prima di peggiorare ancora le cose."

"Va tutto bene," le disse Brenae con una risatina. "Anche tu mi ricordi mia figlia, che mi manca tantissimo, quindi siamo pari."

Le due donne si scambiarono un sorriso.

In quel momento, udirono un trambusto fuori dal piccolo locale della posta; entrambe si voltarono per vedere cosa stesse succedendo.

Una donna stava rimproverando a gran voce un

uomo al suo fianco, gesticolando senza posa mentre parlava.

"Porca miseria," sussurrò Caite. "Sembra davvero incazzata."

Brenae osservava la scena a disagio, il litigio non sembrava un normale disaccordo. La donna era al limite dell'isteria e accusava l'uomo di averla tradita con la "troia nell'appartamento 247."

L'uomo stava peggiorando la situazione, alzando gli occhi al cielo in tutta risposta.

Infine la donna gli afferrò il braccio e lo strattonò con forza.

Allora l'uomo si fermò di scatto e si voltò a fissare la donna. Lei si allungò per mettegli entrambe le mani sul petto e lo spinse. Lui fece un passo indietro, poi alzò le mani e la spinse indietro a sua volta.

Brenae afferrò delicatamente il braccio di Caite e la tirò indietro, lontano dalla porta.

"Dovremmo fare qualcosa," protestò Caite.

Brenae scosse la testa. "No."

"E se lui le fa del male?"

"Hai il telefono con te?" le chiese Brenae, ignorando la domanda di Caite.

Lei scosse il capo. "L'ho lasciato al piano di sopra perché volevo solo prendere la posta e tornare subito su."

Lo stomaco di Brenae si contrasse. Anche lei non aveva il telefono, per lo stesso motivo.

Gli strilli della donna cessarono bruscamente, Brenae ebbe paura di sbirciare dalla finestra dell'ufficio postale per scoprirne il motivo. C'era qualcosa in quella situazione che le aveva provocato i brividi fin dall'inizio.

Poi sentirono l'uomo emettere un urlo di terrore, seguito da un forte tonfo.

Caite si fece avanti e sbirciò fuori dalla finestra.

Poi si voltò di nuovo verso Brenae, il viso bianco come un lenzuolo. "Lei lo sta pugnalando!"

"Cosa?" chiese Brenae scioccata. Si avvicinò a Caite per vedere e non riuscì a credere ai propri occhi.

La donna sovrastava l'uomo, che era a terra. Sollevò un braccio verso l'alto e poi lo portò di nuovo giù, conficcandogli un coltello nel petto davanti ai loro occhi. Poi lo fece ancora... e ancora.

Brenae sentì la bile salirle in gola davanti a quella scena. La donna era fuori controllo, continuava ad affondare il coltello nel petto, nella pancia e perfino nell'inguine dell'uomo, in preda a una furia inarrestabile.

"Allontanati lentamente dalla finestra," sussurrò Brenae a Caite.

Proprio in quel momento si aprì la porta dell'ascensore lì accanto e una donna entrò nell'atrio. Appena vide il violento omicidio sanguinoso che stava accadendo davanti ai suoi occhi, iniziò a urlare con quanto fiato aveva in gola.

Fu sufficiente a far trasalire la donna col coltello. Alzò lo sguardo... trovandosi davanti Brenae, con gli occhi spalancati dallo shock.

Ignorando l'inquilina che si era girata per scappare nel corridoio il più velocemente possibile, la donna col coltello si alzò, tirò un calcio all'uomo ormai immobile ai suoi piedi e si diresse verso le cassette postali con un'espressione malvagia sul volto.

Brenae abbassò lo sguardo e si rese conto che la porta del locale adibito alle cassette postali non si chiudeva a chiave, era una semplice porta a battente. Afferrò il braccio di Caite, tirandola indietro verso il tavolo di smistamento e il cestino della spazzatura, sul lato opposto della stanza rispetto alle cassette della posta.

"Merda, merda, merda," mormorò Caite mentre si allontanava barcollando dalla porta.

In pochi secondi, la donna impazzita aprì la porta con un calcio, che rimbombò sonoramente quando sbatté contro il muro della stanza.

"*Tu!*" disse con uno sguardo malevolo, puntando contro Caite la punta del coltello insanguinato che aveva in mano. "Tu pagherai per averci provato con il mio ragazzo!"

CAPITOLO CINQUE

Dag si passò una mano tra i capelli. Era stanco, ma sapeva che si sarebbe sentito così per le settimane successive... fino a quando la marina non avesse trovato un sostituto e quella persona fosse stata aggiornata sulle operazioni. Ma Dag avrebbe lavorato fino al collasso, se ciò significava assicurarsi che i SEAL di cui era responsabile alla fine fossero al sicuro.

I suoi pensieri andarono a Brenae. Ancora una volta le fu grato di non essersi mai lamentata quando lui doveva dare la priorità al lavoro. Non si era mai risentita quando lui si era perso ricorrenze importanti; non l'aveva mai incolpato quando i piani non si erano svolti come previsto ... per gentile concessione della marina degli Stati Uniti. Aveva continuato a tenere duro: era una delle mille cose che amava di lei.

Ultimamente molti piani non erano andati come previsto, l'ultimo dei quali riguardava la casa dei loro sogni che non era stata completata in tempo, e loro avevano dovuto vivere in appartamento per alcuni mesi. In prospettiva non era un grosso problema, ma sapeva quanto Brenae non vedesse l'ora di trasferirsi nella casa che avevano progettato insieme.

Dag era perso nei suoi pensieri, rimuginando su come farle una bella sorpresa, quando la porta del suo ufficio si spalancò. La porta sbatté contro il muro dietro e Dag si alzò con un coltello in mano prima ancora di pensare a quello che stava facendo.

In piedi davanti a lui c'era Blake Wise... noto come Rocco ai suoi amici e compagni di squadra. "Signore! Ha avuto notizie di sua moglie negli ultimi quindici minuti?"

Scioccato dall'interruzione e confuso dalla domanda, Dag gli disse: "No. Perché?"

"Merda! C'è un sequestro di ostaggi nel nostro complesso di appartamenti. Non sono riuscito a contattare Caite, il suo telefono squilla a vuoto e poi scatta la segreteria."

Dag tirò immediatamente fuori il cellulare e cliccò sul nome di Brenae. Rimase teso quando iniziò a squillare a vuoto e poi andò alla segreteria telefonica. Di solito sentire il suo messaggio vocale registrato lo tranquillizzava, ma in quel momento aspettò con impazienza il segnale acustico e disse: "Sono io. Chiama non appena ricevi questo messaggio."

"Quadro della situazione?" gridò a Rocco mentre camminava verso di lui, afferrando le chiavi.

Voltandosi, Rocco si diresse fuori dall'ufficio e i

due uomini si avviarono lungo il corridoio verso la tromba delle scale, fianco a fianco con passo spedito.

"Uno dei miei vicini mi ha chiamato e mi ha detto che la SWAT e la polizia di San Diego erano dirette al complesso di appartamenti. Hanno detto agli inquilini di ripararsi all'interno delle loro case e di non far entrare nessuno, fino a quando non fossero arrivati i poliziotti. Lui stava guardando fuori dalla finestra e ha visto l'edificio circondato. Ho chiamato un contatto che conosco nella polizia locale e mi ha detto che c'era un rapporto su una situazione di ostaggi vicino all'atrio d'ingresso."

Il cuore di Dag quasi smise di battere. Non aveva motivo di pensare che la sua Brenae fosse coinvolta, ma gli si erano drizzati i capelli sulla nuca, segno inequivocabile che qualcosa di brutto stava accadendo.

Senza un'altra parola, i due uomini si precipitarono fuori dall'edificio della base navale e corsero verso la Land Rover di Dag. In quel momento non erano ufficiale e subordinato, erano solo due uomini che cercavano disperatamente di assicurarsi che le loro donne fossero al sicuro.

Sulla strada per il complesso di appartamenti, Rocco tentò ancora una volta di mettersi in contatto con Caite, senza successo. Dag non fu in grado di parcheggiare vicino agli edifici a causa del cordone della polizia, quindi semplicemente parcheggiò il SUV in una strada laterale.

Non capitava spesso che Dag facesse pesare il suo grado, ma non gliene fregava niente se qualcuno lo avesse accusato di aver sfruttato il fatto di essere uno degli uomini di grado più alto della base navale per ottenere ciò che voleva: avrebbe fatto tutto il necessario per raggiungere Brenae.

Si avvicinò a un capitano della polizia e disse: "Sono il contrammiraglio Dag Creasy e molti dei miei marinai vivono in questo edificio. Ho bisogno di un aggiornamento sulla situazione, e ne ho bisogno *ora*."

Il capitano sembrò sorpreso, ma gli disse subito quello che sapeva. "Abbiamo ricevuto una chiamata circa quaranta minuti fa da una donna isterica, ha detto di aver appena assistito a un omicidio. Quando siamo arrivati qui, era in corso un sequestro di ostaggi. Abbiamo circondato l'edificio e bloccato tutte le uscite. Stiamo aspettando che arrivi altro personale, poi cercheremo di stabilire un contatto con l'autore del sequestro."

Dag guardò verso l'ingresso del complesso di appartamenti e quasi gli cedettero le gambe quando vide la sagoma di un corpo a terra, vicino alle porte principali. "Chi è la vittima?" gli chiese.

"Non ne siamo sicuri. Sembra essere un maschio sui venticinque anni, però."

Vergognandosi per il sollievo che gli percorse il corpo (dopotutto quell'uomo era stato il fratello, il figlio o il padre di qualcuno) Dag annuì. Guardò Rocco e vide che tutta la concentrazione del SEAL era dedicata alle porte d'ingresso.

"Si sa già chi sono gli ostaggi?" chiese Dag.

"Non i loro nomi, ma ce ne sono due, entrambe donne. Una più anziana, una più giovane. L'assassino è una donna sui venticinque anni e le prime informazioni indicano che molto probabilmente è sotto l'effetto di stupefacenti."

"Signore..." disse con tono d'urgenza Rocco accanto a lui.

Dag alzò la mano, impedendo al SEAL di parlare. Aveva bisogno di tutte le informazioni che poteva ottenere dal capitano della polizia, prima di decidere la prossima mossa. "Dove sono ora le due donne?"

"Apparentemente all'interno della stanza della posta, appena fuori dall'atrio."

La mente di Dag iniziò a vorticare. Non aveva più dubbi che la sua Brenae fosse dentro quella stanza: andava sempre a controllare la posta alla stessa ora ogni mattina. Era una creatura abitudinaria, non importava quante volte l'avesse avvertita di cambiare il suo programma per motivi di sicurezza.

"Le propongo un accordo," disse al capitano. "Sono sicuro all'ottantacinque per cento che uno degli ostaggi sia mia moglie. So che questa è la sua scena del crimine ed è sua responsabilità, ma con tutto il rispetto, lì dentro c'è la mia donna."

"E anche la mia," disse Rocco con tono cupo.

"Dobbiamo collaborare in questa operazione," disse Dag. "Io ho alle spalle quindici anni di esperienza nei SEAL e Rocco è attualmente un SEAL. Lasciatevi aiutare, è già passato troppo tempo. Usate la nostra esperienza per porre fine a tutto questo il prima possibile."

Il capitano guardò Dag con aria critica per un lungo momento. "Quanto è bravo a negoziare?"

"Sono il migliore," affermò Dag. Non era solo una vanteria.

"Andate a parlare al sergente laggiù e indossate i giubbotti antiproiettile, prima di avvicinarvi a quell'edificio," disse il capitano. Quando Dag e Rocco si voltarono per dirigersi verso il punto indicato, il capitano disse: "Questo non è l'Iraq. Al pubblico americano non piace leggere sul giornale di esecuzioni pubbliche."

Dag annuì, lo capiva. La polizia stava combattendo una dura battaglia nel tribunale dell'opinione pubblica e l'ultima cosa di cui aveva bisogno la città di Riverton, o la marina degli Stati Uniti per quel che valeva, era l'uccisione di una giovane donna, anche se era un'assassina e stava mettendo in pericolo la persona che lui più amava al mondo.

In pochi minuti, Dag e Rocco avevano indossato i giubbotti antiproiettile neri con le lettere SWAT sul retro sopra la loro uniforme da battaglia navale.

Dag percepiva chiaramente il coltello nel fodero alla base della schiena e presumeva che Rocco fosse armato allo stesso modo. Non avevano pistole, ma non ne avevano bisogno, le loro abilità di SEAL erano molto più efficaci. Inoltre, sparare all'interno della piccola stanza avrebbe comportato il rischio di colpire Brenae o Caite.

"Come ce la giochiamo?" gli chiese Rocco mentre si avviavano a grandi passi verso le porte dell'atrio.

"In qualunque modo sarà necessario, cazzo," gli rispose Dag cupamente.

———

Brenae fissava la donna che camminava avanti e indietro davanti a lei. Era chiaro che la donna era sotto l'influenza di qualcosa, Brenae non pensava che fosse alcol. I suoi movimenti erano irregolari e dopo aver minacciato Caite in quel modo non aveva mai smesso di borbottare tra sé e sé.

Fortunatamente era stata distratta da qualcosa nell'atrio prima che provasse a vendicarsi per il presunto flirt che attribuiva a Caite con il suo fidanzato appena deceduto, e in quel momento era come se si fosse completamente dimenticata di loro. Aveva iniziato a borbottare sottovoce e a camminare su e giù, apparentemente ignara del fidanzato che giaceva morto sul pavimento vicino alle porte dell'atrio.

Brenae aveva trascinato Caite in un angolo della piccola stanza, poi si era posizionata di fronte a lei. Si era portata un dito alle labbra, indicando a Caite di non dire una parola e dopo che quest'ultima annuì, entrambe si misero in angosciata attesa di vedere cosa sarebbe successo dopo.

Desiderando di avere il telefono con sé per far sapere a Dag cosa stava succedendo, Brenae non distoglieva lo sguardo dalla donna sconvolta che camminava avanti e indietro. Tutti avevano sentito le sirene e sapevano che l'edificio era stato circondato, molto probabilmente. In quel momento Brenae era grata che la porta della stanzetta non si potesse chiudere a chiave, sarebbe stato più facile per la polizia fare irruzione.

Brenae pensò che forse avrebbe dovuto cercare di conoscere la loro rapitrice, scoprire il suo nome e su cosa verteva il litigio con il fidanzato morto. Ma più a lungo la situazione rimaneva in stallo, più il comportamento della donna si faceva folle. Occasionalmente si dava dei colpi in testa, oppure si passava il coltello insanguinato sull'avambraccio e guardava il soffitto come se vi fosse scritto qualcosa. Brenae pensò che fosse meglio aspettare in silenzio e sperare che la donna si fosse dimenticata del tutto della loro presenza.

Un movimento alla porta attirò la sua attenzione, Brenae trattenne il respiro quando vide Dag lì davanti. Indossava un giubbotto nero che lei non gli aveva mai visto prima e teneva le mani alzate, per far capire alla donna che camminava su e giù che non era armato.

"Stai indietro!" sbraitò la donna, puntando il coltello contro la porta.

"Vogliamo solo parlare," le disse Dag.

"No! Non voglio parlare!" La donna non gli permise di dire neanche un'altra parola. Si girò e si allungò per afferrare il braccio di Brenae, trascinandola davanti a sé. In pochi secondi, le aveva puntato il coltello insanguinato alla gola.

Brenae riuscì a non urlare mentre teneva gli occhi fissi in quelli di suo marito. La punta del coltello le premette sulla pelle e fece del suo meglio per non pensare alle malattie trasmissibili col sangue o al fatto che sarebbe potuta morire a un passo da suo marito.

"Lasciala andare." La voce di Dag non era più moderata o rilassata. In un batter d'occhio era passato dal tentativo di essere conciliante ai modi asciutti di un micidiale SEAL della marina.

Brenae vide Rocco in piedi dietro suo marito, con lo stesso sguardo concentrato e letale sul viso.

Vederli lì, sapere che avrebbero fatto di tutto per assicurarsi che ne uscisse viva, la fece curiosamente rilassare. Dag non l'aveva mai delusa: faceva quello per lavoro e lo aveva fatto per una vita intera. Brenae non avrebbe mai immaginato di essere una damigella in pericolo, ma eccola lì.

"Metti giù il coltello," disse con tono gentile e conciliante alla donna.

"Non posso!" gemette la donna.

"Sì che puoi," la blandì Brenae.

Il coltello la punse un po' più forte, Brenae sentì un rivolo di sangue colare dalla lama e scendere fino al colletto della maglietta che indossava.

Deglutendo a fatica, guardò ancora una volta Dag. Lui sostenne il suo sguardo senza battere ciglio.

Perché Dag non le stava dando un qualche tipo di segnale? Avrebbe dovuto dirle telepaticamente cosa fare.

Brenae alzò mentalmente gli occhi al cielo. Dag non *poteva* parlarle telepaticamente, doveva essere lei stessa a capire cosa fare. Dag voleva che si buttasse a destra o a sinistra? Quando? Prima che lui facesse qualcosa, o dopo? Non avevano mai parlato di un'eventualità del genere, di cosa fare se lei si fosse trovata in una situazione di ostaggio e Dag avesse dovuto salvarla.

Brenae sapeva di essere sul punto di dare di matto, ma non aveva idea di cosa fare.

"Devono andarsene! Perché non se ne vanno?" borbottò la donna dietro di lei.

Poi, con una lucidità che non possedeva un secondo prima, Brenae seppe come agire.

Probabilmente il coltello le avrebbe tagliato la pelle quando si fosse mossa, ma era anche vero che la donna avrebbe potuto decidere di ucciderla comunque. Poi sarebbe andata a prendere Caite. Brenae non era un SEAL, un soldato o nulla del genere, ma non avrebbe mai permesso che la donna più giovane finisse in *un'altra* situazione simile alla settimana precedente. Ne aveva già passate abbastanza.

Brenae incontrò gli occhi di suo marito ancora una volta, ma spostò rapidamente lo sguardo verso destra. E poi lo fece ancora, e ancora.

Quando Dag annuì in approvazione, Brenae si rilassò.

Lui si sarebbe occupato del problema. Si sarebbe occupato di *lei*.

"Devo uscire di qui!" gemette la donna. "Perché ha dovuto mancarmi di rispetto in quel modo? È colpa *sua*. E tua! *Tu* l'hai spinto a tradirmi!"

La donna stava chiaramente delirando, se pensava che il giovane che giaceva in una pozza di sangue dall'altra parte della porta avesse *mai* flirtato con Brenae... Lei aveva almeno il doppio della sua età.

Sapendo di dover cogliere l'attimo, Brenae fece un respiro profondo, guardò Dag un'ultima volta e poi si gettò più forte che poteva a destra.

CAPITOLO CINQUE

Dag si passò una mano tra i capelli. Era stanco, ma sapeva che si sarebbe sentito così per le settimane successive... fino a quando la marina non avesse trovato un sostituto e quella persona fosse stata aggiornata sulle operazioni. Ma Dag avrebbe lavorato fino al collasso, se ciò significava assicurarsi che i SEAL di cui era responsabile alla fine fossero al sicuro.

I suoi pensieri andarono a Brenae. Ancora una volta le fu grato di non essersi mai lamentata quando lui doveva dare la priorità al lavoro. Non si era mai risentita quando lui si era perso ricorrenze importanti; non l'aveva mai incolpato quando i piani non si erano svolti come previsto ... per gentile concessione della marina degli Stati Uniti. Aveva continuato a tenere duro: era una delle mille cose che amava di lei.

Ultimamente molti piani non erano andati come previsto, l'ultimo dei quali riguardava la casa dei loro sogni che non era stata completata in tempo, e loro avevano dovuto vivere in appartamento per alcuni mesi. In prospettiva non era un grosso problema, ma sapeva quanto Brenae non vedesse l'ora di trasferirsi nella casa che avevano progettato insieme.

Dag era perso nei suoi pensieri, rimuginando su come farle una bella sorpresa, quando la porta del suo ufficio si spalancò. La porta sbatté contro il muro dietro e Dag si alzò con un coltello in mano prima ancora di pensare a quello che stava facendo.

In piedi davanti a lui c'era Blake Wise... noto come Rocco ai suoi amici e compagni di squadra. "Signore! Ha avuto notizie di sua moglie negli ultimi quindici minuti?"

Scioccato dall'interruzione e confuso dalla domanda, Dag gli disse: "No. Perché?"

"Merda! C'è un sequestro di ostaggi nel nostro complesso di appartamenti. Non sono riuscito a contattare Caite, il suo telefono squilla a vuoto e poi scatta la segreteria."

Dag tirò immediatamente fuori il cellulare e cliccò sul nome di Brenae. Rimase teso quando iniziò a squillare a vuoto e poi andò alla segreteria telefonica. Di solito sentire il suo messaggio vocale registrato lo tranquillizzava, ma in quel momento aspettò con impazienza il segnale acustico e disse: "Sono io. Chiama non appena ricevi questo messaggio."

"Quadro della situazione?" gridò a Rocco mentre camminava verso di lui, afferrando le chiavi.

Voltandosi, Rocco si diresse fuori dall'ufficio e i due uomini si avviarono lungo il corridoio verso la tromba delle scale, fianco a fianco con passo spedito.

"Uno dei miei vicini mi ha chiamato e mi ha detto che la SWAT e la polizia di San Diego erano dirette al complesso di appartamenti. Hanno detto agli inquilini di ripararsi all'interno delle loro case e di non far entrare nessuno, fino a quando non fossero arrivati i poliziotti. Lui stava guardando fuori dalla finestra e ha visto l'edificio circondato. Ho chiamato un contatto che conosco nella polizia locale e mi ha detto che c'era un rapporto su una situazione di ostaggi vicino all'atrio d'ingresso."

Il cuore di Dag quasi smise di battere. Non aveva motivo di pensare che la sua Brenae fosse coinvolta, ma gli si erano drizzati i capelli sulla nuca, segno inequivocabile che qualcosa di brutto stava accadendo.

Senza un'altra parola, i due uomini si precipitarono fuori dall'edificio della base navale e corsero verso la Land Rover di Dag. In quel momento non erano ufficiale e subordinato, erano solo due uomini che cercavano disperatamente di assicurarsi che le loro donne fossero al sicuro.

Sulla strada per il complesso di appartamenti, Rocco tentò ancora una volta di mettersi in contatto con Caite, senza successo. Dag non fu in grado di parcheggiare vicino agli edifici a causa del cordone della polizia, quindi semplicemente parcheggiò il SUV in una strada laterale.

Non capitava spesso che Dag facesse pesare il suo grado, ma non gliene fregava niente se qualcuno lo avesse accusato di aver sfruttato il fatto di essere uno degli uomini di grado più alto della base navale per ottenere ciò che voleva: avrebbe fatto tutto il necessario per raggiungere Brenae.

Si avvicinò a un capitano della polizia e disse: "Sono il contrammiraglio Dag Creasy e molti dei miei marinai vivono in questo edificio. Ho bisogno di un aggiornamento sulla situazione, e ne ho bisogno *ora*."

Il capitano sembrò sorpreso, ma gli disse subito quello che sapeva. "Abbiamo ricevuto una chiamata circa quaranta minuti fa da una donna isterica, ha detto di aver appena assistito a un omicidio. Quando siamo arrivati qui, era in corso un sequestro di ostaggi. Abbiamo circondato l'edificio e bloccato tutte le uscite. Stiamo aspettando che arrivi altro personale, poi cercheremo di stabilire un contatto con l'autore del sequestro."

Dag guardò verso l'ingresso del complesso di appartamenti e quasi gli cedettero le gambe quando vide la sagoma di un corpo a terra, vicino alle porte principali. "Chi è la vittima?" gli chiese.

"Non ne siamo sicuri. Sembra essere un maschio sui venticinque anni, però."

Vergognandosi per il sollievo che gli percorse il corpo (dopotutto quell'uomo era stato il fratello, il figlio o il padre di qualcuno) Dag annuì. Guardò Rocco e vide che tutta la concentrazione del SEAL era dedicata alle porte d'ingresso.

"Si sa già chi sono gli ostaggi?" chiese Dag.

"Non i loro nomi, ma ce ne sono due, entrambe donne. Una più anziana, una più giovane. L'assassino è una donna sui venticinque anni e le prime informazioni indicano che molto probabilmente è sotto l'effetto di stupefacenti."

"Signore..." disse con tono d'urgenza Rocco accanto a lui.

Dag alzò la mano, impedendo al SEAL di parlare. Aveva bisogno di tutte le informazioni che poteva ottenere dal capitano della polizia, prima di decidere la prossima mossa. "Dove sono ora le due donne?"

"Apparentemente all'interno della stanza della posta, appena fuori dall'atrio."

La mente di Dag iniziò a vorticare. Non aveva più dubbi che la sua Brenae fosse dentro quella stanza:

andava sempre a controllare la posta alla stessa ora ogni mattina. Era una creatura abitudinaria, non importava quante volte l'avesse avvertita di cambiare il suo programma per motivi di sicurezza.

"Le propongo un accordo," disse al capitano. "Sono sicuro all'ottantacinque per cento che uno degli ostaggi sia mia moglie. So che questa è la sua scena del crimine ed è sua responsabilità, ma con tutto il rispetto, lì dentro c'è la mia donna."

"E anche la mia," disse Rocco con tono cupo.

"Dobbiamo collaborare in questa operazione," disse Dag. "Io ho alle spalle quindici anni di esperienza nei SEAL e Rocco è attualmente un SEAL. Lasciatevi aiutare, è già passato troppo tempo. Usate la nostra esperienza per porre fine a tutto questo il prima possibile."

Il capitano guardò Dag con aria critica per un lungo momento. "Quanto è bravo a negoziare?"

"Sono il migliore," affermò Dag. Non era solo una vanteria.

"Andate a parlare al sergente laggiù e indossate i giubbotti antiproiettile, prima di avvicinarvi a quell'edificio," disse il capitano. Quando Dag e Rocco si voltarono per dirigersi verso il punto indicato, il capitano disse: "Questo non è l'Iraq. Al pubblico americano non piace leggere sul giornale di esecuzioni pubbliche."

Dag annuì, lo capiva. La polizia stava combattendo una dura battaglia nel tribunale dell'opinione pubblica e l'ultima cosa di cui aveva bisogno la città di Riverton, o la marina degli Stati Uniti per quel che valeva, era l'uccisione di una giovane donna, anche se era un'assassina e stava mettendo in pericolo la persona che lui più amava al mondo.

In pochi minuti, Dag e Rocco avevano indossato i giubbotti antiproiettile neri con le lettere SWAT sul retro sopra la loro uniforme da battaglia navale.

Dag percepiva chiaramente il coltello nel fodero alla base della schiena e presumeva che Rocco fosse armato allo stesso modo. Non avevano pistole, ma non ne avevano bisogno, le loro abilità di SEAL erano molto più efficaci. Inoltre, sparare all'interno della piccola stanza avrebbe comportato il rischio di colpire Brenae o Caite.

"Come ce la giochiamo?" gli chiese Rocco mentre si avviavano a grandi passi verso le porte dell'atrio.

"In qualunque modo sarà necessario, cazzo," gli rispose Dag cupamente.

* * *

· · ·

Brenae fissava la donna che camminava avanti e indietro davanti a lei. Era chiaro che la donna era sotto l'influenza di qualcosa, Brenae non pensava che fosse alcol. I suoi movimenti erano irregolari e dopo aver minacciato Caite in quel modo non aveva mai smesso di borbottare tra sé e sé.

Fortunatamente era stata distratta da qualcosa nell'atrio prima che provasse a vendicarsi per il presunto flirt che attribuiva a Caite con il suo fidanzato appena deceduto, e in quel momento era come se si fosse completamente dimenticata di loro. Aveva iniziato a borbottare sottovoce e a camminare su e giù, apparentemente ignara del fidanzato che giaceva morto sul pavimento vicino alle porte dell'atrio.

Brenae aveva trascinato Caite in un angolo della piccola stanza, poi si era posizionata di fronte a lei. Si era portata un dito alle labbra, indicando a Caite di non dire una parola e dopo che quest'ultima annuì, entrambe si misero in angosciata attesa di vedere cosa sarebbe successo dopo.

Desiderando di avere il telefono con sé per far sapere a Dag cosa stava succedendo, Brenae non distoglieva lo sguardo dalla donna sconvolta che camminava avanti e indietro. Tutti avevano sentito le sirene e sapevano che l'edificio era stato circondato, molto probabilmente. In quel momento Brenae era grata che la porta della stanzetta non si potesse chiudere a chiave, sarebbe stato più facile per la polizia fare irruzione.

Brenae pensò che forse avrebbe dovuto cercare di conoscere la loro rapitrice, scoprire il suo nome e su cosa verteva il litigio con il fidanzato morto. Ma più a lungo la situazione rimaneva in stallo, più il comportamento della donna si faceva folle. Occasionalmente si dava dei colpi in testa, oppure si passava il coltello insanguinato sull'avambraccio e guardava il soffitto come se vi fosse scritto qualcosa. Brenae pensò che fosse meglio aspettare in silenzio e sperare che la donna si fosse dimenticata del tutto della loro presenza.

Un movimento alla porta attirò la sua attenzione, Brenae trattenne il respiro quando vide Dag lì davanti. Indossava un giubbotto nero che lei non gli aveva mai visto prima e teneva le mani alzate, per far capire alla donna che camminava su e giù che non era armato.

"Stai indietro!" sbraitò la donna, puntando il coltello contro la porta.

"Vogliamo solo parlare," le disse Dag.

"No! Non voglio parlare!" La donna non gli permise di dire neanche un'altra parola. Si girò e si allungò per afferrare il braccio di Brenae, trascinandola davanti a sé. In pochi secondi, le aveva puntato il coltello insanguinato alla gola.

Brenae riuscì a non urlare mentre teneva gli occhi fissi in quelli di suo marito. La punta del coltello le premette sulla pelle e fece del suo meglio per non pensare alle malattie trasmissibili col sangue o al fatto che sarebbe potuta morire a un passo da suo marito.

"Lasciala andare." La voce di Dag non era più moderata o rilassata. In un batter d'occhio era passato dal tentativo di essere conciliante ai modi asciutti di un micidiale SEAL della marina.

Brenae vide Rocco in piedi dietro suo marito, con lo stesso sguardo concentrato e letale sul viso.

Vederli lì, sapere che avrebbero fatto di tutto per assicurarsi che ne uscisse viva, la fece curiosamente rilassare. Dag non l'aveva mai delusa: faceva quello per lavoro e lo aveva fatto per una vita intera. Brenae non avrebbe mai immaginato di essere una damigella in pericolo, ma eccola lì.

"Metti giù il coltello," disse con tono gentile e conciliante alla donna.

"Non posso!" gemette la donna.

"Sì che puoi," la blandì Brenae.

Il coltello la punse un po' più forte, Brenae sentì un rivolo di sangue colare dalla lama e scendere fino al colletto della maglietta che indossava.

Deglutendo a fatica, guardò ancora una volta Dag. Lui sostenne il suo sguardo senza battere ciglio.

Perché Dag non le stava dando un qualche tipo di

segnale? Avrebbe dovuto dirle telepaticamente cosa fare.

Brenae alzò mentalmente gli occhi al cielo. Dag non *poteva* parlarle telepaticamente, doveva essere lei stessa a capire cosa fare. Dag voleva che si buttasse a destra o a sinistra? Quando? Prima che lui facesse qualcosa, o dopo? Non avevano mai parlato di un'eventualità del genere, di cosa fare se lei si fosse trovata in una situazione di ostaggio e Dag avesse dovuto salvarla.

Brenae sapeva di essere sul punto di dare di matto, ma non aveva idea di cosa fare.

"Devono andarsene! Perché non se ne vanno?" borbottò la donna dietro di lei.

Poi, con una lucidità che non possedeva un secondo prima, Brenae seppe come agire.

Probabilmente il coltello le avrebbe tagliato la pelle quando si fosse mossa, ma era anche vero che la donna avrebbe potuto decidere di ucciderla comunque. Poi sarebbe andata a prendere Caite. Brenae non era un SEAL, un soldato o nulla del genere, ma non avrebbe mai permesso che la donna più giovane finisse in *un'altra* situazione simile alla settimana precedente. Ne aveva già passate abbastanza.

Brenae incontrò gli occhi di suo marito ancora una volta, ma spostò rapidamente lo sguardo verso destra. E poi lo fece ancora, e ancora.

Quando Dag annuì in approvazione, Brenae si rilassò.

Lui si sarebbe occupato del problema. Si sarebbe occupato di *lei*.

"Devo uscire di qui!" gemette la donna. "Perché ha dovuto mancarmi di rispetto in quel modo? È colpa *sua*. E tua! *Tu* l'hai spinto a tradirmi!"

La donna stava chiaramente delirando, se pensava che il giovane che giaceva in una pozza di sangue dall'altra parte della porta avesse *mai* flirtato con Brenae... Lei aveva almeno il doppio della sua età.

Sapendo di dover cogliere l'attimo, Brenae fece un respiro profondo, guardò Dag un'ultima volta e poi si gettò più forte che poteva a destra.

CAPITOLO SEI

Dag riusciva a malapena a trattenere la sua furia. Non si era mai trovato in una situazione del genere: non aveva mai dovuto restare a guardare impotente la moglie mentre era in pericolo imminente. In quel momento capiva esattamente come doveva essersi sentito Rocco quando la sua ragazza si era trovata in balia di quel pazzo, la settimana prima.

Avrebbe voluto dire a Brenae di non preoccuparsi, che l'avrebbe salvata da quella situazione... ma non poteva. Non con quella donna palesemente fuori di testa che le puntava un coltello alla gola.

Poi vide la coraggiosissima moglie guardare a destra, e poi farlo ancora e ancora.

Avrebbe voluto scuotere la testa e dirle di non farlo; ma in tutta onestà, non vedeva un'altra via d'uscita da quella situazione. Se avesse fatto irruzione nella stanza della posta, avrebbe dato tutto il tempo all'assassina di affondare il coltello nella gola di Brenae.

Sua moglie avrebbe dovuto fare quello che Caite aveva fatto la settimana precedente, ovvero togliersi di torno e lasciar fare a lui quello che sapeva fare meglio.

Contraendo ogni singolo muscolo, udì Rocco che gli sussurrò da dietro: "Con calma, signore..."

Si mosse non appena vide anche Brenae contrarre i muscoli per prepararsi al salto.

Sfondò la porta con tutto il peso del corpo, proprio mentre la moglie si gettava da un lato.

Prima che Brenae potesse toccare terra, Dag aveva già gettato dall'altro lato della stanza il coltello usato per minacciarla e aveva spinto faccia a terra la donna che aveva osato prendere sua moglie come ostaggio, immobilizzandola con un ginocchio sulla schiena.

La donna si dibatteva come se fosse posseduta; fu necessaria tutta la forza di Dag e Rocco insieme per sottometterla, e anche allora lei si rifiutava di darsi per vinta. Non si arrese fino a quando altri cinque membri della squadra SWAT di San Diego entrarono nella piccola stanza e le legarono mani e piedi. Un secondo prima stava combattendo come una gatta selvatica, quello dopo era praticamente in coma.

Senza sprecare ulteriore preoccupazione per quella donna squilibrata e drogata, Dag si voltò verso il punto in cui Brenae si era gettata. Era accovacciata contro il muro e teneva le braccia intorno a Caite per confortarla.

La sua donna aveva appena avuto un coltello puntato alla gola e *nonostante ciò* stava confortando Caite.

Sentendosi come se avesse improvvisamente cent'anni, Dag si trascinò verso il punto in cui lei era seduta. Rocco arrivò nello stesso momento e tirò Caite in piedi e tra le braccia. Dag non era sicuro di essere in grado di reggersi in piedi. Fissò il colletto di Brenae, macchiato di sangue: il taglio sul collo le sanguinava ancora e per un attimo Dag fu incapace di pensare.

Quel rosso sulla pelle di Brenae era orribile, in un modo che non avrebbe saputo descrivere. Aveva visto sangue e morte in numerose occasioni della sua vita, ma mai in quel contesto, mai sulla sua Brenae.

"Santo dio, Caite! Ti ho fatta trasferire nel mio appartamento perché pensavo saresti stata più al sicuro," Dag udì Rocco esclamare mentre portava Caite fuori dalla stanza.

Come se sapesse esattamente quanto fosse sconvolto Dag in quel momento, Brenae spalancò le braccia.

Un secondo prima lui stava fissando il sangue sul collo di lei, quello dopo le stava affondando il naso nei capelli. Brenae aveva il profumo di sempre, di fiori. Raramente indossava lo stesso profumo due giorni di seguito, ma odorava sempre di pulito e di fresco e quel giorno non faceva eccezione.

"Sto bene," gli mormorò lei all'orecchio con dolcezza, avvolgendolo in un abbraccio.

Dag sentì il respiro strozzarsi in gola e chiuse gli occhi con forza. Aveva rischiato di perderla.

Ci era andato troppo vicino; *davvero* troppo vicino.

Dag non riusciva a parlare, semplicemente la teneva stretta a sé.

"Sto bene," ripeté lei. Poi lo disse ancora una volta... e ancora.

Nient'altro importava in quel momento, non i poliziotti che portavano la donna sotto stupefacenti fuori dalla stanza, non il capitano che entrava nella stanza e ordinava agli agenti rimasti di prestare attenzione al coltello.

Brenae si mosse per prendere il viso di Dag tra le mani e lui aprì gli occhi per vedere il meraviglioso azzurro di quelli di lei. "Sei arrivato in tempo," gli disse lei teneramente.

Dag posò gli occhi sul collo di lei ancora una volta... e all'improvviso, sentì la strana letargia che si era impossessata di lui sparire come una nuvola di fumo. Si girò a guardare il capitano della polizia. "Mia moglie ha bisogno di assistenza medica."

"No Dag, sto bene."

"Ora," ordinò Dag al capitano, ignorando la moglie. Sapeva che stava facendo lo stronzo, ma potesse morire se Brenae avrebbe aspettato un secondo di più per far esaminare la ferita.

Decidendo che Rocco aveva avuto l'idea giusta e che i paramedici stavano impiegando troppo tempo, Dag si alzò in piedi, si chinò e prese in braccio Brenae. Anche se aveva mezzo secolo, sperava di non diventare mai troppo vecchio per portare in braccio la moglie.

Lei gli mise le braccia intorno al collo e si rilassò contro di lui.

Grato che lei non lo stesse ostacolando, Dag uscì dalla stanza della posta, attraversò l'atrio, oltrepassò il cadavere del giovane sul pavimento e uscì alla luce del sole. Era strano, sembrava che fossero passate ore da quando aveva saputo della situazione al complesso di appartamenti, ma in realtà era passata meno di un'ora.

Si avvicinò a una delle ambulanze parcheggiate nel parcheggio e semplicemente salì dentro con la donna che per lui significava il mondo. Mentre la metteva sulla barella, Brenae lo guardò e sorrise. "Il mio eroe."

Mezz'ora dopo, dopo aver detto al capitano di polizia che *non* sarebbe assolutamente andato in questura a rilasciare la sua deposizione fino al giorno dopo, perché aveva bisogno di stare con sua moglie, e dopo che i paramedici ebbero ripulito il collo di Brenae e applicato una piccola benda sul taglio superficiale, Dag aprì la porta del loro appartamento e seguì la moglie all'interno.

Il suo piano era di farle indossare il pigiama, metterla sul divano sotto una delle sue coperte preferite e prepararle un'enorme ciotola di zuppa di pollo, ma sembrava che Brenae avesse un'idea diversa.

Nel momento in cui la porta si chiuse dietro di loro, lei lo spinse indietro fino a fargli colpire la porta con la schiena e si inginocchiò. Le dita di Brenae lavorarono freneticamente alla cintura intorno alla vita di Dag.

Dag le coprì le dita con le sue. "Tesor..." iniziò, ma lei scosse violentemente la testa.

"No. Ne ho *bisogno*. Ho bisogno di *te*."

Una volta slacciata la cintura, pochi secondi dopo la cerniera era abbassata e Brenae gli afferrò l'uccello. Si leccò le labbra e pompò l'asta con la mano alcune volte, prima di inghiottirlo in bocca.

Era passato molto tempo da quando Dag aveva

visto la moglie così disperata; ma più a lungo la guardava dargli piacere, più quella disperazione si trasferiva su di lui.

Avrebbe potuto perderla quel giorno.

Avrebbe potuto avere la gola squarciata proprio davanti a lui.

Avrebbe potuto *morire*, dannazione.

Ringhiando, Dag si chinò e afferrò Brenae sotto le braccia e la tirò via dall'uccello. La prese per la vita e la trascinò verso la loro camera da letto. Aveva i pantaloni intorno alle caviglie, ma non gliene fregava niente.

Brenae gli assalì la bocca come se fosse una donna morente e le labbra di Dag fossero l'unica cura per la sua sopravvivenza. I loro denti si scontrarono mentre le loro teste si inclinavano avanti e indietro, cercando di entrare più a fondo l'una nell'altra.

Sentendo un bisogno primordiale di scopare, di provare a se stesso e a Brenae che erano entrambi sani e salvi, Dag lasciò la presa quando sentì la parte posteriore delle ginocchia di lei colpire il bordo del loro letto. "Togliti i pantaloni," le ordinò mentre raggiungeva il cassetto del loro comodino. Tirò fuori la piccola bottiglia di lubrificante che tenevano lì e attese con impazienza che Brenae si spogliasse. Nell'istante in cui fu nuda, lui la girò così che fosse piegata sul materasso.

Lei piagnucolò ma lui sapeva che era un suono d'impazienza, non di angoscia. Non aveva tempo per farla bagnare e prepararla come faceva di solito. L'avrebbe coperta di attenzioni più tardi. Per il momento aveva bisogno di essere dentro di lei più di quanto avesse mai avuto bisogno di qualcosa nella sua vita.

Si spruzzò una generosa quantità di lubrificante sull'uccello e grugnì di piacere quando ci avvolse la mano attorno per spargerlo uniformemente.

"Sbrigati, Dag," lo implorò Brenae dalla sua posizione piegata.

Guardando in basso, Dag vide che le dita di lei stavano giocando freneticamente con il clitoride. Sorridendo, si coprì le dita con altro lubrificante e le spinse via la mano. Senza esitazione, le infilò le dita scivolose all'interno del corpo e lei gemette, inarcando la schiena e dandogli un migliore accesso al punto da lui tanto desiderato.

Un minuto dopo, quando sentì di averla lubrificata abbastanza da poterlo accogliere senza dolore, Dag allineò l'uccello umido con la fessura e la penetrò con una forte spinta.

Rimase immobile dentro di lei, godendosi la connessione e la sensazione di lei che gli si contorceva intorno all'uccello.

Aveva quasi perso tutto ciò. Aveva rischiato di

non sentire più il corpo caldo e bagnato di lei circondare il proprio, di non sentire mai più la sua risata o di non vederla più sorridere. Quei pensieri furono quasi sufficienti a fargli perdere del tutto l'erezione.

"Dag, smettila di rimuginare, cazzo, e scopami!" si lamentò Brenae con impazienza.

Lui sorrise e lasciò che la moglie lo tirasse fuori dai suoi pensieri. "Non potrai mai lasciarmi," le disse mentre si tirava fuori ed entrava di nuovo dentro di lei. "Mai. Mai. Hai capito?" Punteggiava ogni parola con un affondo dei fianchi, scopandola e rimproverandola per qualcosa su cui sapeva che lei non aveva controllo.

"Non lo farò," lo assecondò lei. Brenae piegò le dita contro il piumino sotto di lei e si alzò in punta di piedi, cercando di avvicinarsi a lui mentre la scopava.

"Ti amo così tanto, Brenae. Sei la mia vita, la mia ragione di vita. Non posso vivere in un mondo dove non ci sei tu." Quelle parole erano gentili e tenere, ma Dag faceva l'amore in tutt'altro modo. Le tenne fermi i fianchi e affondò dentro di lei più e più volte, mostrandole quanto amava scoparla e fare l'amore con lei.

"Ti amo anch'io," ansimò lei. "Sì, Dio, Dag, *sì*. Ancora. Più forte!"

Lui amava quando lei si eccitava così tanto da non riuscire nemmeno ad articolare una frase intera.

Decidendo che avevano parlato abbastanza, Dag si concentrò per assicurarsi di far godere la moglie. Chinandosi su di lei e continuando il movimento frenetico con i fianchi, le spinse una mano sotto il corpo. Trovò il suo bersaglio con le dita e le mosse contro il clitoride, forte e veloce, senza mostrare alcuna pietà.

Brenae sobbalzò a quel tocco e fece volare la testa all'indietro mentre si inarcava e spingeva contro di lui.

Amando quanto fosse appassionata la moglie, Dag continuò l'assalto ai sensi di lei.

Nel giro di un minuto, Dag sentì che Brenae stava per venire… il che era un bene, perché anche le palle gli si erano contratte in preparazione dell'orgasmo. Eccitato dai continui gemiti che lasciavano la bocca di Brenae e dal modo in cui tremava sotto di lui, Dag grugnì di soddisfazione quando sentì le increspature rivelatrici dei muscoli interni di lei contro l'uccello

"Ecco, così. Vieni per me."

Con un forte gemito, Brenae venne.

Dag ebbe l'idea improvvisa di tirarsi fuori e vedere l'uccello venirle su tutto il sedere, ma sapeva che era troppo tardi per quello. Lo sperma gli esplose dalla punta dell'uccello come se fosse un ragazzino che sperimentava il sesso per la prima volta. L'uccello gli pulsava a tempo con il battito cardiaco mentre pompava il seme in Brenae.

Era venuto così a lungo e forte che sentì il liquido fuoriuscire dalla passera di Brenae, ma quando si trattava di sesso, ormai niente li sorprendeva. Quando sentì di potersi muoversi senza che gli cedessero le ginocchia, Dag si staccò lentamente da lei. Entrambi gemettero di disappunto.

Poi Brenae si sollevò sulle mani e si voltò a guardarlo. Sorrise e si leccò le labbra. L'uccello di Dag si contrasse, ma ci sarebbe voluto un po' prima che diventasse abbastanza duro da scoparla di nuovo.

"Sali," le ordinò lui, indicando il letto con la testa.

Brenae si mosse immediatamente, strappandosi la maglietta di dosso mentre lo faceva, e poi il reggiseno. Dag si spogliò, ringraziando Dio di non essere inciampato nei pantaloni nella fretta di portare entrambi nella camera da letto.

Salì sul letto con Brenae e la prese tra le braccia. Rimasero lì per un lungo momento, godendosi il momento delle coccole dopo l'intenso incontro erotico che avevano appena vissuto. Erano mesi che non si rincorrevano in quel modo. Diamine, non si era nemmeno tolto i vestiti. Dag la cinse con le braccia. "Ti amo."

"E io amo te," fece le fusa lei.

"Volevo viziarti un po'," le disse Dag.

"Non ho bisogno di essere viziata,"gli disse. "Non l'hai ancora capito?"

Lui ridacchiò, poi si fece serio. La baciò sulla tempia. "Chiamerò la ditta di costruzione e gli metterò un po' di pepe al culo. Ho bisogno di saperti a casa nostra, con il nostro sistema di allarme. Al sicuro."

"Sono sempre al sicuro quando sono con te," ribatté lei.

Dag serrò le labbra per cercare di contenere l'emozione. Brenae sapeva sempre cosa dire. "Come va il collo?"

"Tutto bene."

"Niente dolore?"

"No."

"Per quanto mi piaccia quando prendi il controllo e mi salti addosso nell'ingresso di casa nostra, sento ancora il bisogno di viziarti," la informò Dag.

"Ah, sì?"

"Già."

Lei gli rivolse un sorrisino. "Beh, allora dacci dentro e viziami per bene, marinaio."

E Dag obbedì.

CAPITOLO SETTE

Era il grande giorno.

Dopo che Brenae era stata tenuta in ostaggio nella sala della posta del complesso di appartamenti, Dag aveva finito la pazienza con l'appaltatore della loro casa: aveva chiamato, minacciato e intimidito il pover'uomo spingendolo a rispettare i tempi previsti e finire la casa in tempo.

Dag aveva nascosto i dettagli a Brenae, perché non voleva rischiare di alimentarle le speranze e deluderla di nuovo, se la casa fosse stata ancora una volta in ritardo.

Sorridendo, Dag prese il cellulare e cliccò sul nome della moglie. Lei rispose dopo un solo squillo.

"Ciao, tesoro. Che succede?"

"Dove sei?"

"Nell'appartamento, perché? Cosa c'è?"

"Niente di brutto, anzi, ho una sorpresa per te. Verrò a prenderti lì tra quindici minuti circa."

"Che cosa...? Dag, è già mezzogiorno. Non avevi quella riunione questo pomeriggio?"

"L'avevo, ma l'ho rimandata. Questo è più importante."

"Mi stai facendo preoccupare," gli disse Brenae.

"Non preoccuparti," disse Dag alla moglie. "Vestiti e preparati a uscire, tra quindici minuti sarò lì."

Dopo aver chiacchierato un altro po', Brenae accettò. Si salutarono e Dag guidò sorridendo fino al complesso di appartamenti. Avrebbero avuto molto lavoro da fare nei giorni successivi, ma aveva fatto il possibile per mitigarlo, assumendo dei traslocatori per spostare i loro scatoloni dal magazzino alla loro nuova casa. Quella settimana si era preso un paio di giorni di ferie di nascosto per preparare la sorpresa che aspettava sua moglie a casa, ma dovevano ancora spostare la roba dall'appartamento e, naturalmente, svuotare gli scatoloni.

Salendo di corsa le tre rampe di scale fino al terzo piano, Dag aprì la porta del loro appartamento e non fu sorpreso di vedere Brenae pronta ad aspettarlo. Rifiutandosi di rispondere alle sue mille domande, si compiacque di vederla sconcertata quando le tese una benda, una volta che furono seduti in auto.

"Davvero?" gli chiese lei, inarcando un sopracciglio.

"Davvero," confermò lui.

Dimostrando di saper stare al gioco, Brenae si legò la benda intorno alla testa e mormorò: "Sarà meglio che ne valga la pena."

Dag si chinò e le prese gentilmente il mento per voltarle la testa. La baciò finché entrambi si ritrovarono col respiro affannoso. "Ne varrà la pena," sussurrò, poi si sporse in avanti e le baciò la fronte prima di sedersi di nuovo al suo posto e avviare la macchina.

Si tennero per mano tutto il tragitto fino alla loro nuova casa. Se Brenae aveva un vago sospetto di dove lui la stesse portando, comunque non disse nulla. Ci volle circa mezz'ora per arrivarci, ma quando lui entrò nel vialetto, la vista dell'oceano gli tolse il fiato come sempre.

La casa che avevano costruito non era enorme... non era necessario che lo fosse, solo per loro due. C'erano due stanze in più per poter ricevere in visita i nipoti, oltre a una gigantesca camera da letto matrimoniale e una cucina super accessoriata. Ma quello che Dag voleva mostrare alla moglie era il terrazzo.

"Aspetta qui, vengo a prenderti," le disse.

Brenae annuì e rimase seduta pazientemente con le mani in grembo.

Lui aprì la portiera della macchina e si chinò, prendendole la mano tra le sue. Brenae non esitò, si fidava di lui al cento per cento e quella fiducia cieca non mancava mai di suscitare rispetto in Dag. Le avvolse il braccio intorno alla vita e se la tenne al fianco mentre la guidava verso il retro della casa. Non c'era molto giardino, ma l'enorme terrazzo compensava ampiamente la mancanza di piante. La aiutò a salire le scale del terrazzo per arrivare in cima, godendosi il piccolo sorriso sul viso di Brenae.

Dag diede un'occhiata alla vasca idromassaggio e si ripromise di approfittare della privacy fornita dalla casa e dal recinto per scopare la moglie nell'acqua spumeggiante, ammirando il panorama di fronte a loro.

Guidò Brenae al punto esatto che aveva individuato in precedenza e la voltò, in modo che lei gli desse le spalle, appoggiata sul proprio petto. Si chinò e le sussurrò: "Pronta?"

"Pronta," rispose lei immediatamente.

Dag si allungò a sciogliere delicatamente il nodo della benda e lo lasciò cadere sulle assi di legno ai loro piedi.

Il sussulto di sorpresa di Brenae era esattamente la reazione che aveva sperato di ottenere.

"Oh, Dag, è bellissimo!"

Era proprio così. Il sole che si rifletteva sull'Oceano Pacifico era assolutamente incredibile, una piacevole brezza soffiava dall'acqua e la sabbia era immacolata. Non c'era una sola persona sulla spiaggia privata alla fine della passerella di legno della loro proprietà. Tutto era sereno, calmo e a loro disposizione.

Brenae si voltò e gettò le braccia al collo di Dag. "So che abbiamo visto questo panorama più volte di quanto riesca a ricordare, ma senza il caos della costruzione intorno a noi e con il terrazzo finito... in qualche modo, la vista è persino migliore di quanto avessi immaginato. Possiamo entrare?"

"Sì, Brenae, certo che possiamo entrare. È casa nostra."

Brenae sbatté le palpebre. "Ma non è ancora finita. Pensavo che fossimo d'accordo a non visitarla più finché non fosse completata."

"*È* finita," le disse Dag con un sorrisetto.

"Sul serio?"

"Sul serio."

Lei sorrise. "Devi aver fatto il gradasso in giro con i tuoi gradi militari per raggiungere questo obiettivo, eh, marinaio?"

Lui ricambiò il sorriso. "Dopo averti visto con un coltello alla gola, niente poteva trattenermi dall'assicurarmi che questa casa fosse completata il prima possibile."

"Ti amo," gli disse Brenae.

"Anch'io ti amo. Andiamo, voglio mostrarti qualcos'altro."

"Qualcos'altro?" gli chiese lei con un sorrisetto, spostando la mano sul sedere di Dag per afferrargli una natica. "Si tratta di questo?"

Dag rise, ma semplicemente la prese per mano e si diresse verso la porta. La accompagnò attraverso la cucina, la sala da pranzo, il soggiorno, sorridendo alle esclamazioni di lei su tutto il lavoro che era stato fatto dall'ultima volta che aveva visto lo scheletro incompleto della casa. Ignorando gli scatoloni con i loro averi, Dag camminò lungo il corridoio fino alla loro camera da letto.

Lui fece una pausa drammatica davanti alla porta chiusa, poi la spalancò.

Lì non c'erano scatoloni pieni di cianfrusaglie da disfare. Si era assicurato che il loro letto a baldacchino fosse sistemato per bene e che ci fossero lenzuola pulite. Le tende erano state tirate completamente e lasciavano entrare la luce del pomeriggio nell'intera stanza. Il loro cassettone era lì, pieno di vestiti, così come lo scaffale con tutti i romanzi firmati che lei aveva collezionato nel corso degli anni.

La stanza era già pronta per dormirci. Avrebbero avuto un sacco di lavoro da svolgere in futuro, ma lì, nella loro stanza, potevano rilassarsi.

"Oh, mio Dio, Dag! È perfetta," esclamò Brenae.

"Ti amo, Brenae. Non capirò mai come diavolo hai fatto a sopportarmi tutti questi anni. Vorrei poterti dare il mondo, ma dovrai accontentarti di questo piccolo pezzo, per ora."

Brenae non rispose a parole, semplicemente si alzò in punta di piedi e lo baciò a lungo, con passione. Dag indietreggiò con lei, finché toccò il materasso con la parte posteriore delle ginocchia. L'afferrò per la vita e la tirò giù, su di sé, mentre cadeva sul letto. Lei ridacchiò ed entrambi si sistemarono fino a trovarsi distesi di traverso sul letto. I capelli di Brenae le ricadevano sulle spalle e gli solleticavano il viso.

"Volevo che la nostra stanza fosse completamente finita, così avresti avuto un posto dove andare che non fosse pieno di scatole e cianfrusaglie del genere."

"La adoro."

Dag sollevò la testa e la baciò intensamente. Poi incrociò le braccia sopra la testa e le disse con un sorrisetto: "Allora, ora che siamo qui, cosa hai intenzione di fare con me?"

Brenae sorrise e puntò immediatamente ai bottoni dell'uniforme. Mentre li slacciava rapidamente, gli disse: "Penso che mi approfitterò di te, soldato."

"Per me va bene," le disse.

Passarono il minuto successivo a cercare di

togliersi i vestiti senza perdere il contatto l'uno con l'altro. Alla fine, quando furono entrambi nudi, Dag afferrò Brenae per i fianchi e la tirò su in modo che lei gli fosse a cavalcioni sul viso.

"Dovevo essere io," ansimò Brenae mentre lui le faceva scorrere la lingua dalla fessura al clitoride, "ad approfittarmi di *te*."

Dag smise di dedicarsi alla passera della moglie il tempo necessario a dire: "Potrai abusare di me più tardi."

"Uhm... ok," gli disse Brenae prima di ansimare ancora una volta mentre Dag si metteva al lavoro per leccarla tutta.

Dieci minuti dopo, Dag aveva il viso inzuppato dei fluidi di Brenae e lei lo aveva quasi soffocato quando era venuta, ma lui non riusciva a smettere di sorridere.

Quando Brenae riprese fiato, scese di nuovo lungo il corpo di Dag e con il suo aiuto gli si sistemò sull'uccello, che era duro come l'acciaio.

Senza una parola lei si sollevò, gli afferrò l'uccello e ne avvicinò la punta umida alla propria fessura. Dag avrebbe voluto sollevare i fianchi e spingersi dentro di lei con forza, ma si trattenne per essere sicuro di non farle male in alcun modo.

Quando sentì i loro peli pubici intrecciarsi, Dag

guardò in basso soddisfatto. "Cavolo, è così eccitante," mormorò.

Poi lei si mosse e l'uccello di Dag divenne lucido con l'eccitazione di Brenae.

"E questo lo è ancora di più," disse lui in segno di apprezzamento.

Brenae iniziò a muoversi su di lui più intensamente. Tese le cosce nello sforzo necessario per ondeggiare sul ventre di lui, con i seni che le rimbalzavano seguendo i movimenti. Dag non riusciva a smettere di sorridere. Lei era sua, tutta sua... che diamine.

Adorava guardarla mentre si eccitava sopra di lui. Brenae si portò una mano al clitoride e iniziò a giocarci, mentre continuava a muoversi su e giù gli posò l'altra mano sul petto per puntellarsi. Quando lei iniziò a rallentare, Dag la prese per i fianchi e la aiutò a sollevarsi su e giù sull'uccello.

Lui sentì che le gambe di Brenae iniziavano a tremare con il secondo orgasmo imminente e ne fu silenziosamente grato: era stato sul punto di venire dal momento in cui lei si era calata su di lui.

Quando lei iniziò a venire, i muscoli vaginali si strinsero sull'uccello di Dag e anche lui perse il controllo. Spingendola su di sé e tenendola più stretta che poteva, seppellendosi dentro di lei il più possibile, Dag esplose senza distogliere gli occhi dalla moglie.

Brenae aveva i capezzoli duri e il petto arrossato, continuava a ondeggiare i fianchi nel tentativo di far durare l'orgasmo il più a lungo possibile. Gli affondò le unghie nel petto, lui non aveva mai visto niente di più bello in tutta la sua vita. Il sole pomeridiano splendeva su di loro, il loro sudore luccicava nella luce calda.

Dopo circa un minuto, Brenae finalmente scese dal picco orgasmico e Dag la afferrò mentre lei gli crollava sul petto. Sentì l'alito caldo di lei sul collo e gli venne la pelle d'oca sulle braccia. Sentì l'uccello ammorbidirsi gradualmente e dopo un po' si sfilò da dentro di lei. L'impeto del loro orgasmo simultaneo gli gocciolava lungo l'asta, fino alle palle, inzuppando il lenzuolo sotto di loro.

Dag ridacchiò.

"Che c'è di tanto divertente?" mormorò lei.

"Abbiamo fatto un disastro," le disse lui.

"Già. Il che non mi sorprende," gli replicò lei.

"Dovremmo pulire."

A quel punto Brenae sollevò la testa. "Sul serio? Vuoi muoverti da qui, proprio adesso?"

"Abbiamo una vasca idromassaggio pronta che ci aspetta," le disse Dag, dimenando le sopracciglia con fare ammiccante.

Brenae ridacchiò, poi tornò seria e appoggiò la fronte su quella di lui. "Grazie."

"Per cosa?"

"Per tutto. Per questa casa, per i nostri ragazzi, per la nostra vita. Non abbiamo sempre navigato acque serene, ma non ho mai dubitato del tuo amore per me."

"Bene," le disse Dag. "Perché quando si parla di priorità, tu sei la persona più importante della mia vita. Smuoverei mari e monti solo per vederti sorridere, per sentirti ridere. Se mi chiedessi di costruirti cento case, lo farei solo per renderti felice."

Brenae sorrise. "Penso che questa sia perfetta, non ho bisogno di altre cento."

Dag alzò le mani e le scostò i capelli dal viso. Poi la baciò, un bacio tenero a bocca chiusa, e le disse: "Tu mi hai reso un uomo migliore. Ogni giorno faccio le mie scelte pensando a cosa ti aspetteresti tu da me, e questo mi dà la giusta motivazione."

Brenae sentì gli occhi riempirsi di lacrime, ma non disse nulla.

"Ti amo, tesoro. Non saprai mai quanto."

"So esattamente quanto, perché ti amo allo stesso modo."

Lui le sorrise. "Allora... vuoi provare la vasca idromassaggio?"

Lei scoppiò in una risata. "Sì."

In un attimo, Dag scivolò da sotto il corpo di Brenae e la sollevò tra le braccia. Lei fece un gridolino e gli gettò le braccia al collo.

"Avrei dovuto portarti oltre la soglia di casa, ma dato che immagino che passeremo un bel po' di tempo nudi nella nostra vasca idromassaggio, preferisco portarti *lì dentro* per la prima volta. Va bene?"

"Mi sembra perfetto."

Più tardi, quella notte, mentre Brenae gli dormiva tra le braccia, Dag ripensò alla loro vita insieme. Diceva sul serio quando le aveva detto che non sapeva cosa avesse mai fatto per meritarla. Brenae era la cosa migliore che gli fosse mai capitata e lui aveva giurato di fare tutto il necessario per renderla felice, per il resto della loro vita.

Si addormentò con un sorriso sul volto, nella serena consapevolezza che stringeva Brenae al sicuro tra le braccia.

* * *

Acquista subito il libro 3!
Soccorrere Sidney

NOTE

CAPITOLO 1

1. I Navy SEAL sono le forze speciali della marina degli Stati Uniti. Vengono impiegati soprattutto in conflitti e guerre non convenzionali, difesa interna, azione diretta e azioni anti-terrorismo.

Armi e Amori

Proteggere Caroline

Proteggere Alabama

Proteggere Fiona

Il Matrimonio di Caroline

Proteggere Summer

Proteggere Cheyenne

Proteggere Jessyka

Proteggere Julie

Proteggere Melody

Proteggere il Futuro

Proteggere Kiera

Proteggere i figli di Alabama

Proteggere Dakota

Forze Speciali alle Hawaii

Trovare Elodie

Trovare Lexie

Trovare Kenna (19 Oct 2021)

Trovare Monica (10 Maggio 2022)

Trovare Carly

Trovare Ashlyn

Trovare Jodelle

Mercenari di Montagna

Difendere Allye

Difendere Chloe

Difendere Morgan
Difendere Harlow
Difendere Everly
Difendere Zara
Difendere Raven

<u>Ace Security</u>

Il riscatto di Grace
Il riscatto di Alexis
Il riscatto di Bailey
Il riscatto di Felicity
Il riscatto di Sarah

BIOGRAFIA

L'autrice best seller del *New York Times*, *USA Today*, e *Wall Street Journal*, Susan Stoker ha un cuore grande come lo stato del Texas, dove vive, ma questa tipica ragazza americana ha trascorso gli ultimi quattordici anni vivendo nel Missouri, in California, in Colorado, e nell'Indiana. È sposata con un ex militare dell'esercito, che ora la segue in tutto il Paese.

Ha debuttato con la sua prima serie nel 2014, seguita dalla serie SEAL of Protection, che ha consolidato il suo amore per la scrittura, e la creazione di storie in cui i lettori possono perdersi.

Se ti è piaciuto questo libro, o qualsiasi libro, per favore considera di lasciare una recensione. Gli autori lo apprezzano più di quanto tu possa immaginare.

www.stokeraces.com

susan@stokeraces.com

www.ingramcontent.com/pod-product-compliance
Lightning Source LLC
Chambersburg PA
CBHW060556100726
47907CB00005B/1390